내 인생의
블랙박스를 열어라

우리는 죽음 직전까지 행복해야 한다

내 인생의
블랙박스를 열어라

김진주 지음

두드림미디어

Prologue

삶이 너무 힘들어 앉아서조차 울 수 없을 때, 엎드려 한없이 울어
본 적이 있는가? 한없이 울고 또 울고 나면, 내가 나를 위로하는 시
간이 온다. 그런 시간을 맞아본 적이 있는가?

초등 6학년 때 수학 여행비 몇천 원이 없어서 비참함을 겪은 나였
다. 그러나 지금은 평생 무료 크루즈 여행 멤버가 되어 여행의 자유
를 얻었다. 어릴 적 가난해서 수없이 단칸방을 전전하며 살았던 내
가 독학으로 경매해 부동산 10채의 등기권리증을 가졌다. 여상을
나왔지만, 책을 읽기만 하는 독자에서 책을 쓰는 작가로 변신했다.
요양병원 20년 경력의 간호사로 건강을 리셋해주는 건강코치가 되
었다.

사람들은 늘 무엇을 하기엔 늦었다고 말한다. 하지만 진정으로 무

언가를 추구하는 사람에게는 바로 지금이 인생에서 가장 젊을 때다. 늙은 나이란 없다. 누구든 꿈과 목표를 갖는다면, 시간을 함부로 쓰지 않을 것이고, 목표를 이루기 위한 노력을 아끼지 않을 것이다.

우리의 인생은 지금부터 시작이다. 주체가 되어 선택하고 결정하라. 꿈이 이루어지는 상상을 하며 미소를 머금어라. 할 일이 있고, 희망이 있으면 행복의 길을 가는 것이다. 지금 오는 기회를 내 것으로 만들어 운명의 시계를 바꿔라. 운명은 정해져 있지 않다. 지금 하는 생각과 행동이 운명을 만든다.

죽음 직전까지 행복할 인생은 따로 있는 게 아니다. 꿈을 꾸며 그 꿈의 끝의 관점에서 무엇이든 시작하면 된다. 내 삶의 운전대는 내가 잡아야 한다. 행동하는 사람만이 인생을 스스로 이끌 수 있다. 얼마든지 다시 시작할 무언가가 우리를 기다리고 있다. 끝까지 포기하지 말고 자신만의 보물을 찾아내길 바란다. 이제 나는 소비자의 삶에서 생산자의 삶으로 탈바꿈했다. 60대 초반, 일하지 않아도 월 1억 원의 자동수익이 완성되기를 염원한다.

이 책을 읽는 모든 이들이여! 행복 내비게이션을 켜라. 행복한 사람이 행복한 세상을 만든다. 어떤 순간이라도 우리는 행복을 선택할 수 있다. 우리는 죽음 직전까지 행복해야 한다.

Contents

- 1장 -

우리는 왜
행복해야 하는가?

행복에게
말 걸기

"인내는 쓰다. 그러나 그 열매는 달다"라고 쓰인 액자를 바라보며 어머니는 고단한 몸을 누이셨다. "힘들어도 참자. 내가 참으면, 저 아이들을 키울 수 있다"라고 다짐하면서 하루하루를 버티셨다. 그 긴 세월을 인내하시는 동안 우리는 점점 자랐고, 한 학년씩 올라갔다.

새 학년이 될 때마다 생활기록부를 작성했다. 거기에는 부모님의 직업란이 있었다. 나는 아버지는 농업, 어머니는 상업이라고 적었다. 상업이라고 적으니, 선생님은 어디에서 무슨 장사를 하느냐고 물었다. 어엿한 가게도 없이 시장 바닥에서 리어카로 장사하시는 어머니를 어떻게 설명해야 할까? 그럴 때마다 나도 힘들었지만, 어린 동생들은 더 힘들어했다.

어머니의 고향은 전남 순천이다. 7남매의 막내로 태어난 어머니의 부모님은 일찍 돌아가셨다. 그래서 외삼촌 집에 머물던 어머니는 일자리를 찾아 고향을 떠났다. 그러다가 아버지를 만났다. 어머니는 아버지에 대해서 아무런 이야기도 하지 않으셨다. 다만, 영양 골짜기에서 농사를 짓고 있다고만 하셨다.

내가 어렴풋이 알기로는, 아버지는 젊었을 때 버스회사를 동업하셨다고 한다. 그러던 어느 장날, 많은 사람을 태우고 가던 버스가 언덕에서 구르는 대형사고가 났다고 했다. 내가 아버지에 대해 아는 것은 그것뿐이었다.

내가 아주 어릴 때 낯선 아줌마가 어머니를 찾아온 적이 있었다. 그 아줌마는 어머니와 대판 싸우고 갔었다. 어머니는 흐트러진 머리를 쥐어뜯으며 대성통곡하셨다. 그때, 나는 너무 어려서 아무것도 몰랐지만, 세월이 지나 그 아줌마가 아버지의 본부인이었다는 것을 알게 되었다.

중학교 때 아버지는 맏딸인 나를 찾아왔다. 나는 아버지가 기다리는 식당으로 나갔다. 내게는 어색하고 원망스러울 뿐인 아버지가 반가운 얼굴로 나를 바라보셨다. 나는 아버지가 시켜준 음식을 먹지도 못한 채, 울먹이며 앉아 있었다. 그러다가 다시는 찾아오지 말라고 소리치며 식당 밖으로 뛰쳐나왔다. '우리는 이렇게 힘들게 살고 있는데, 아버지란 사람은 이제 나타나 어쩌자는 것인가….' 집으로 돌아가는 길에 서러움이 복받쳐 나는 한없이 울었다.

어머니는 혼자 죽을 고생을 하시며 우리를 키웠지만, 우리집 호적에는 어머니의 이름이 없었다. 우리 여섯 남매는 다른 어머니 자식으로 되어 있었다. 이런 기구한 운명도 있다는 것을 아는 사람이 세상천지에 얼마나 될까?

칭기즈 칸(Chingiz Khan)은 '부와 행복은 스스로의 생각에 달려 있다'라고 하며, 다음과 같이 말했다고 한다.

"집안이 나쁘다고 탓하지 마라. 나는 9살 때 아버지를 잃고 마을에서 쫓겨났다. 가난하다고 말하지 마라. 나는 들쥐를 잡아먹으며 연명했다. 배운 게 없어 힘이 없다고 탓하지 마라. 나는 내 이름도 쓸 줄 몰랐으나 남의 말에 귀 기울이면서 현명해지는 법을 배웠다. 적은 밖에 있는 것이 아니라 내 안에 있다. 나를 극복하는 그 순간 나는 '칭기즈 칸'이 되었다."

우리는 과거와 현재와 미래를 살아간다. 현재라는 시간은 과거가 되어간다. 그리고 미래를 향해 흐른다. 그래서 힘들어도 현재를 어떻게 사느냐가 중요하다. 인생은 생각하기에 따라 어둡고 괴로운 것이 될 수도 있고, 기쁘고 즐거운 것이 될 수도 있다. 인생을 어둡고, 괴로운 것으로 보면 어둡고 괴로운 것이 되고, 밝고 재미있는 것으로 보면 기쁘고 즐거운 것이 되며, 불만스럽게 보면 불행한 것이 되고, 만족스럽게 보면 행복한 것이 된다.

현대인의 가장 큰 적은 근심이다. 그래서 신경안정제 계통의 약이 많이 팔린다고 한다. 자신의 마음을 스스로 조절할 수 없어 약으로 평안을 찾으려 하기 때문이다. 그러니 질병보다 더 무서운 것이, 질병에 걸릴지 몰라 우울해하는 근심이다. 이런 근심은 건강을 해칠뿐더러 삶 전체를 파괴하고 만다.

《성경》의 '이사야서' 43장 1절에는 이런 구절이 있다. "너는 두려워하지 말라. 내가 구속하였고 내가 너를 지명하여 불렀나니 너는 내 것이라."

우리가 살아가는 동안 실패와 질병, 환난과 고난이 우리를 아무리 괴롭혀도, 우리는 하나님의 것이다. 하나님의 것이 된 이상, 우리는 두려워할 게 없다. 하나님이 그냥 내버려두지 않으실 것이기 때문이다. 우리를 만드신 하나님께서 끝까지 우리를 책임져주신다고 약속하셨기 때문이다.

어머니는 교회에 가는 우리에게 무엇이든 좋은 것은 하나라도 더 배우라고 말씀하셨다. 이 세상에서 자식이 잘되기를 바라는 부모의 마음만큼 끝없는 것이 없다. 어머니의 희생으로 우리 다섯 자매는 자유를 누렸다. 그러나 어머니에게는 장사가 인생의 전부였다. 우리는 어머니와 함께 교회에 가는 것이 소원이었다. 장사하느라 시간을 내기 힘들었던 어머니는 가끔 교회에 나오셨다가도 서둘러 시장으로 가셨다.

그 후, 어머니는 이른 아침마다 우리를 위해 기도하셨다. 아침밥 할 쌀을 한 숟가락 뜬 후, 기도하시고 성미주머니에 쌀을 넣으셨다. 그러고는 막내딸 이름까지 부르시며 기도를 반복하셨다. 우리는 기도하시는 어머니를 보면서 숙연해졌다. 부모가 자식을 위해 하는 기도는, 하늘이 알고 땅이 안다고 했다.

어머니는 자주 머리가 아프다고 하셨다. 어떨 때는 두통약을 드시는 것으로, 또 어떨 때는 감기약을 드시는 것으로 두통을 이기려 하셨다. 하지만 약을 먹어도 그때뿐이고, 개운하지 않다고 하셨다. 그런 날이 계속되자, 오빠는 어머니를 모시고 병원에 갔다. 정밀검사를 한 결과, 뇌동맥류라는 진단을 받았다. 일부 뇌혈관이 꽈리처럼 부풀어서 언제 터질지 모르는 상황이라고 했다.

우리는 너무 놀라 어찌할 바를 몰랐다. 그때 어머니 심정은 어떠했을까. 몸속에 큰 병이 자라고 있는 줄도 모르신 채 한평생 우리를 키우느라 고생만 하신 어머니 아닌가. 뇌혈관이 언제 터질지 모른다는데 어떻게 가만히 있겠는가. 우리는 이 위험 상황을 피해가야만 했다. 결국, 어머니는 수술을 받으셨다. 중환자실에 계셨지만, 점점 좋아지고 있었다.

면회 시간이 되었고, 어머니와 나는 너무 반가워 두 손을 마주 잡고 눈물을 글썽였다. 당신의 고생은 아랑곳하지 않으시고, 맏딸이라 더 고생한다고 항상 나를 위로해주시던 어머니였다. 한평생 고생만 하셨던 우리 어머니. 이제는 건강 회복하셔서 남은 인생을 행복하게 사실 수 있기를 기도했다. "예수님 내 마음속에 들어오셔서 나의 주인이 되어주세요." 어머니도 이렇게 기도하셨다.

이틀 뒤, 어머니가 갑자기 안 좋아지셨다고 병원에서 연락이 왔다. 의식도 없고, 소변도 안 나온다고 했다. 담당 의사가 권하는 특단의 조치로, 보험이 안 되는 고가의 약도 몇 번이나 썼지만, 차도가 없었다.

담당 의사는 소생 가능성이 희박하다고만 했다. 여섯 남매에게는 하늘이 무너져 내리는 말이었다. 주무시듯 누워 계시는 어머니의 얼굴은 평안해 보였다. 우리는 어머니가 깨어나기를, 눈물로 간절히 기도했다. 그러나 다음 날 오후, 어머니는 우리 곁을 떠나 하늘나라로 가셨다.

철부지였던 다섯 자매는 어머니의 위대한 희생을 받아먹으며 각자 자리매김했고, 모두 결혼해 안정적인 가정을 꾸렸다. 어머니는 이제 더 고생할 일 없이 편안한 삶을 즐길 차례였다. 그런데 당신의 마지막도 모른 채, 이렇게 허무하게 돌아가시다니…. 여섯 남매는 하염없이 울고 또 울었다.

인생이란 이렇게 속절없는 것일까. 어머니는 자신의 삶을 어떻게 생각하셨을까. 비록, 한평생 힘들고 어려웠지만 헛되지 않았다고 만족해하셨을까. 과연 행복했던 순간은 있으셨을까. 찬송가 <천국에서 만나보자>를 부르며, 여섯 남매는 가슴에 사무치는 어머니를 보내드렸다. 세상 모든 사람이 이 땅에서도 천국을 누리며 살다가, 천국으로 갈 수 있다면 얼마나 좋을까.

《미드라쉬》라는 유대 문헌 중에 나오는 내용이다.

다윗이 보석 세공사에게 반지를 하나 만들라고 하면서 "내가 큰 승리를 거두어 기쁨을 억제하지 못할 때 감정을 조절할 수 있고, 내가 절망에 빠져 있을 때 기운을 북돋워 줄 수 있는 글귀를 새겨달라"고 주문했다. 세공사는 여러 날 고민하다 반지에 새길 글귀를 찾지 못하고 솔로몬을 찾아갔다. 솔로몬은 '이 또한 곧 지나가리라'라는 문구를 넣으라고 했다.

세상 모든 것은 지나가고 또 지나간다. 그러니 인내심을 가지면 어떠한 고난도 이겨낼 수 있다. 어떠한 실패에서도 다시 일어설 수 있다. 행여 인생에 힘겨운 폭풍우가 밀려올지라도, 어떠한 상황 가운데서도 이 또한 곧 지나간다는 사실을 기억하자.

당신은 행복하기 위해
태어난 사람

나는 1남 5녀의 맏딸이다. 아버지의 부재로 어머니는 시장에서 리어카로 장사를 하며 우리를 키우셨다. 나와 7년 터울인 오빠는 혼자서 여섯 남매를 키우느라 온갖 고생을 하시는 어머니를 보며 고등학교 진학을 포기하고 대신 생활전선에 뛰어들었다.

나는 장사하는 어머니 대신 동생들을 돌보며 학창 시절을 보냈다. 우리 다섯 자매는 모두 2살 터울이다. 같은 학교에 다니며, 얻은 옷을 내려받아 입으며 자랐다. 식구가 많으니 수돗물을 쓰는 것도 주인집 눈치가 보였다. 그때는 지금과 비교도 안 될 만큼 공책 한 권, 연필 한 자루가 귀했던 시절이었다.

그 당시, 어머니는 한 1년간 우리를 이모에게 맡기고, 다른 지방으로 일하러 갔었다. 그때 나는 6학년이었고, 경주로 수학여행을 가야 했다. 이모는 줄줄이 동생들도 돌봐야 하는데 무슨 여행이냐며 돈이 없다고 했다. 담임선생님은 한 사람이라도 불참하면 수학여행을 갈 수 없다고 선포했다.

어머니도 안 계시고, 형편이 안 되어 못 가는 것을 어쩌라는 것인 지…. 나는 담임선생님이 너무 야속했다. 그때 집에서 문방구점을 운영하던 친구가 아이들 몰래 내 여행비를 내주었다. 그래서 수학여 행을 갈 수는 있었지만, 지금 생각해도 참 처량한 내 모습이었다.

지금은 마음만 먹으면 언제든지 가볍게 가볼 수 있는 곳인데, 그 어려운 시절에는 참 굴곡도 많았다. 그렇게 철없던 시절이 지났고, 또 많은 세월이 흘렀다. 나는 몰래 내 수학 여행비를 내준 친구가 눈 물겹게 고맙고, 보고 싶어 연락을 취했으나 찾을 수 없었다. 아름다 운 마음을 지녔던 그 친구에게 이 지면을 빌려 감사의 마음을 전한 다. 다시 만날 수 있다면 얼마나 좋을까.

맏딸인 나는 일찍 철이 들었고, 어린 동생 4명을 챙기는 것은 내 몫 이었다. 어머니는 극장이 있는 시장 안에서 떡볶이, 어묵, 번데기, 도 넛 등 간식거리를 팔았다. 오전에 리어카를 밀고 시장에 가면, 마지막 상영 영화가 끝나고 나오는 손님들까지 맞은 후에야 돌아오셨다.

시장에서 집까지 오는 도로에는 언덕처럼 놓인 다리가 있었다. 늦은 밤, 혼자 피곤한 몸으로 리어카를 밀면서 언덕을 오르내릴 어머니를 생각하니 나는 편히 잠들 수 없었다. 동생들은 잠들었고 시계를 보니 밤 10시가 넘어가고 있었다. 나는 걸어서 시장까지 어머니를 마중 나가야 했다.

내리막길에서는 리어카 바퀴가 저절로 굴러가니 뒤로 잡아당기면서 내려가야 했고, 오르막길에서는 바퀴가 뒤로 밀려나니 온 힘을 다해 밀어야 했다. 바람 부는 날, 비 오는 날은 그래도 괜찮았다. 하지만 눈 오는 날이 문제였다. 길이 미끄러워 언덕을 오르지 못하고 리어카는 몇 번이나 뒤로 미끄러져 내렸다.

신발이 미끄러워 그러나 싫어 맨발로 리어카를 지지하며 밀기도 해봤다. 간혹 지나가는 사람이 있을 때는 함께 밀어주어 겨우 언덕을 올라갔다. 그때 도와준 분들이 나에게는 천사처럼 느껴졌다. 추운 밤 모른 척 지나가도 되었지만, 미끄러지며 힘들어하는 내 모습을 보고 그냥 지나치는 사람은 없었다. 그 고마움을 마음에 새기며, 나도 살아오면서 남의 어려움을 절대 놓치지 않고 살아왔다.

어쩌다 잠에서 깨어보면 어머니는 단칸방 벽에 걸려 있는 액자를 바라보며 흐느끼듯 중얼거리셨다. '인내는 쓰다. 그러나 그 열매는 달다.' 액자에는 그렇게 쓰여 있었다. 얼마나 힘들고 고달프셨을까? 감당하기 힘든 큰 짐을 혼자 지시고 그저 자식들만 의지한 채 몸이 부서져라 일만 하셨으니. 어머니에게 인생은 과연 무슨 의미였을까? 나는 인기척도 못 내고, 그냥 이불을 뒤집어쓴 채 눈물만 쏟았다.

아침이면 어머니는 언제 일어나셨는지 아침상을 차려놓으시곤, 장사할 재료를 사러 자전거를 끌고 나가시고 없었다. 탁자 위에는 어김없이 용돈이 놓여 있었다. 우리는 어머니의 뼛골 빠지는 이런 노동의 대가로 살고 있다는 것을 몰랐던 철부지들이었다. 그 용돈을 챙기고 즐거운 마음으로 등교했으니 말이다. 우리 다섯 자매는 어머니의 희생을 먹으며 그렇게 자랐다. 지금 생각해보니 크게 아프지 않고, 말썽 없이 평범하게 학창 시절을 잘 보내준 동생들이 너무 예쁘고 감사할 뿐이다.

어느 날, 친구를 따라 교회에 갔다. 처음 가보는 교회는 내게 참 생소하고 신기했다. 노래도 배우고 성경도 배웠는데, 그것이 내게는 처음 접하는 세미나 같은 것이었다. 이후 동생들도 하나둘 함께 가게 되었다. 학교와 집밖에 모르던 우리가 좀 더 넓고 밝은 세계로 발을 내디딘 셈이었다.

여름방학이면 교회에서는 며칠씩 여름성경학교가 열렸고, 겨울방학이면 수련회를 했다. 교회에 다니면서 노래도 잘하게 되었고, 사회도 잘 보게 되었다. 그래서인지 나는 고등학교 졸업식에서 학생 대표로 졸업사를 낭독하게 되었다. 대학 졸업 때는 사은회의 사회를 맡기도 했었다.

어머니는 아들을 고등학교에 못 보낸 것을 늘 마음에 걸려 하셨다. 그래서 힘들더라도 딸들은 고등학교까지 시킨다고 하셨다. 나는 여상을 졸업하고 취업해서 살림에 보탬이 되어야 했다. 그러나 문학 클럽 활동을 하면서 시인을 꿈꾸게 되었고, 대학은 국문과를 가고 싶었다. 대학에 가고 싶어 하는 나에게 어머니는 "그래, 맏딸이 잘되어야지" 하시면서 간호전문대를 권유하셨다. 옆에서 같이 장사하시는 분의 딸이 간호과를 졸업 후 바로 취직한 것을 보시고는, 그게 좋아 보였던 것 같다.

'그래, 가정형편을 생각해야지. 국문과는 무슨. 엄마 혼자 저렇게 한평생 고생하시는데…. 내가 집에 보탬이 되어야지. 엄마 생각도 해야지.' 결국, 나는 간호전문대를 졸업하고 간호사가 되었다. 돌이켜 보면, 어머니는 선견지명이 있으셨던 것 같다. 지금은 100세 시대다. 요양병원이 많이 생겨났고, 간호사 인력이 부족해 구인광고가 넘쳐난다. 나는 어디를 가든 환영받는 전문직 간호사가 되었다.

성공철학의 거장인 나폴레온 힐(Napoleon Hill)은 이렇게 말했다.
"모든 역경은 역경만큼, 혹은 역경보다 훨씬 큰 이익이 될 씨앗을 품고 온다."

우리가 커가면서 학비와 교복, 참고서, 준비물 등 더 많은 돈이 들었을 텐데도 어머니는 리어카 하나로 억척같이 다섯 자매를 전문대 이상 공부시켜주셨다. 이 얼마나 감사하고 고마운 일인가. 우리 다섯 자매에게 어머니는 너무나 위대하신 분이다. 어머니의 쓴잔으로 인해 우리는 달콤한 열매를 맺었다. 다섯 자매는 모일 때마다, 어머니의 은혜에 감사하며 눈물짓는다.

비단 우리 집뿐이겠는가. 대한민국을 재건한 일등 공신인 우리 부모님들 아니신가. 배워야 제구실하며 산다고 못 배운 한을 자식들을 통해 푸신 분들. 그분들로 인해 우리나라의 학구열은 세계 1위였다. 소 팔아, 논 팔아 자식 농사 잘 짓겠다고 그 어떤 희생도 마다하지 않았던, 우리의 위대하신 부모님들께 감사의 절을 올린다.

이런 위대하신 부모님들 덕분에 이 땅에 살기 좋은 세상이 열리고, 세계에서 열 손가락에 꼽히는 대한민국이 되지 않았는가. 부모님은 자식을 통해, 자식은 부모님을 통해 서로 위로와 사랑을 나누며 행복을 누리고 있지 않은가.

당신은 들어본 적이 있는가? 당신을 축복하는 이 노래 가사를. 지금 한번 들어보라. 당신의 마음을 행복으로 꽉꽉 채워줄 것이다.

"당신은 사랑받기 위해 태어난 사람, 당신의 삶 속에서 그 사랑받고 있지요."

행복하지 않으면
사라지는 것들

어머니의 권유로 나는 간호전문대학에 입학하고 졸업했다. 전문대였지만 간호과는 3년제였다. 4년 동안 배울 학습량을 3년 안에 다 배워야 했기에, 학교생활은 고3이나 진배없었다. 대학의 낭만은 뒤로하고, 하루 7~8교시 수업을 받았다. 또, 반 학기는 병원으로 실습을 나가야 했다. 대학 생활이 만만치 않았다. 지금은 전문대 간호과 3년제가 4년제로 바뀌었다.

지난 2011년 고등교육법 개정안이 통과되어 전문대학 간호과에서 4년 교육과정을 운영하고, 학사학위를 수여할 수 있는 법적 근거를 마련했다. 이에 따라 지난 2012학년도부터 32개 전문대학을 시작으로 매년 지정심사를 받아 3년제에서 4년제로 변경되기 시작했다.

나는 3학년이 되자 간호사 면허시험 준비를 해야 했다. 독서실이나 고시원에서 시험공부를 하며 밤을 새우기도 했다. 간호과를 졸업해도 간호사 면허증이 없으면 아무 소용이 없기 때문이다. 그 당시에는 간호사 면허시험이 서울에서만 치러졌다. 마치 옛날에 선비들이 과거시험 보러 한양에 갔듯이 말이다.

학교는 경북 안동에 있어 단체로 기차를 예매하고, 서울에서 하루묵을 숙소도 미리 마련했다. 기차 한 칸이 동기들로 꽉 찼으니 기차안은 교실이나 마찬가지였다. 서울로 가는 기차 안에서 시험공부를 마무리하며, 시험정보도 나누었다. 그리고 다음 날, 지정된 학교에서 아침부터 저녁까지 시험을 치르고, 다시 기차를 타고 내려왔다. 그때 나는 우리나라 수도인 서울을 처음 가봤다.

모든 시험이 그렇듯이 합격자 발표가 나기까지 참 마음이 심란했다. '정답 표기를 잘못하지는 않았겠지, 만약에 불합격하면 어쩌나, 3년의 세월이 물거품은 아니겠지' 하는 생각으로 가득 찼다. 드디어 합격자 발표 날이 되었고, 나는 합격이었다. 온 세상이 내 세상이 된 것처럼 기뻤다. 내 인생에 그때처럼 큰 기쁨은 처음이었다.

"이런 큰 선물을 주셨으니, 어머니와 동생들을 위해 열심히 살겠습니다. 또, 남을 돕고 베풀며 이웃을 사랑하며 살겠습니다." 저절로 기도가 나왔다. 홀로 자식들을 키우느라 고생만 하신 어머니의 기쁨도 말할 수 없이 컸다. 이제는 되었다. 나는 만족감과 행복감이 흘러넘쳤다.

졸업 후 처음 취업한 곳은 종합병원의 수술실이었다. 학교에 다닐 때 실습학생으로 수술실을 거치긴 했지만, 이제 실제가 되었다. 수술실에는 긴장감이 엄습하고, 피 냄새가 진동했다. 조금의 실수도 용납이 안 되는, 생과 사를 넘나드는 곳이었다. 처음에는 적응이 어려웠지만, 간호사로서 점점 체질화되어갔다.

우리의 신체는 참 묘하다. 부러지고 찢어져도, 잘라내어도 다시 회복되는 놀라운 힘을 가졌다. 또한 회복하는 힘도 마음먹기에 따라 달라지는 것을 보면서 세포의 신기함을 느꼈다. 진료과마다 수술하는 부위가 다르고, 특색이 있다. 수술실은 마취과, 진료과, 간호과, 이렇게 세 파트가 조화를 이루며 새로움을 탄생시키는 곳이다.

수술실 간호 분야는 소독간호사와 순환간호사로 나뉜다. 그중 소독간호사는 수술에 대한 전반적인 지식, 즉 해부생리와 수술 과정 등에 대해 명확히 알고 있어야 한다. 외과적으로 손 소독을 한 후, 소독가운과 장갑을 착용하고 수술실에 들어가서 직접적인 수술 준비를 한다. 또한 수술집도에 필요한 기구를 제공하고, 수술 시 사용한 물품의 수를 확인하는 등의 업무를 한다.

순환간호사는 기본적인 수술실 복장만 하면 된다. 직접적인 것들보다는 수술 시 만약의 상황에 대비하며, 필요한 물품을 챙겨주는 등 부수적인 것들을 준비하고 관리한다.

나는 첫 근무지인 수술실을 잊지 못한다. 처음으로 집을 떠나 사회생활을 시작하며 세상을 향해 나아갔던 곳이기 때문이다. 연속극이나 영화에서 수술실 장면이 나오면 나는 자동으로 반응하게 된다. 내가 실제로 수술실을 경험했기 때문이다.

수술실에서 소독간호사로 처음 수술에 임했던 때가 생각난다. 그날은 외과에서 가장 간단한 맹장 절제수술을 하는 날이었다. 수술 준비를 마친 환자가 수술실로 들어왔다. 마취과 의사는 마취를 시작했고, 집도의는 우측 복부를 메스로 열고 염증이 가득한 맹장을 잘라내고 봉합했다. 순식간에 맹장 절제수술은 끝이 났다. 첫 경험이라 참 많이 긴장했었던 그날의 기억은 지금도 잊히지 않는다.

수술실은 정규수술 스케줄 외에 상황에 따라 응급수술이 있을 수 있다. 그래서 순번대로 늘 대기해야 했었다. 수술실 간호사는 한 생명을 살리는 일에 동참하는 직업이다. 나의 첫 근무지는 다행히 내 적성과 맞았다. 그래서 사명의식을 가지고 즐겁게 일할 수 있었다.

인생에서 일차적으로 해야 할 일은 바로 즐기는 것이다. 수술실에 근무하는 동안 나는 이 일이 즐겁고 행복했다. 아프고 병든 사람을 소생시키는 보람 있는 일이기에 좋았다. 일이 힘들어 그만두고 싶다는 생각은 전혀 들지 않았다. 수술실의 근무는 새로운 인생의 맛을 알게 했고, 나는 일을 즐기는 행복한 사람이었다.

20세기 최고의 프랑스 시인인 폴 발레리(Paul Valery)는 말했다.

"자신에 대해 긍정적인 생각을 갖는 방법은, 긍정적인 행동을 하는 것이다. 용기를 내어 그대의 생각대로 살지 않으면, 머지않아 그대는 사는 대로 생각하게 된다."

멋진 인생, 성공한 인생을 살기 위해서는 특별한 방법이 없다. 끊임없이 배우고 느끼며 생각하고 행동하며 꿈꾸고 사는 방법밖에 없다. 누구든 늘 하고 싶었던 것들이 있다면, 지금 당장 시작해보길 권한다. 그런 다음 현재를 즐길 수 있는 일들을 찾아 즐겨라. 자신이 꿈꾸고 목표한 생각대로 살지 않으면, 그냥 사는 대로 생각하며 살아가는 흘러가는 인생이 되고 만다.

나는 커오면서 부모님이 다 계시는 집안의 친구들이 너무 부러웠다. 혼자 딸 다섯을 키우느라 고생만 하시는 어머니를 보면서 마음이 아팠다. '아버지와 함께라면 어머니 혼자 고생하지 않아도 될 터인데…' 하는 아쉬움이 마음 한구석에 늘 남아 있었다. 그렇지만 나는 어머니마저 없었으면 어떻게 살았을까 위로하면서 늘 감사한 마음으로 살았다.

행복은 거꾸로 생각해야 얻어진다. 인생을 살아가는 동안 순간순간 행복하지 않으면 사라지는 것들은 무수히 많을 것이다. 우리는 행복을 과정으로 보지 않고, 성공 다음에 오는 목적으로 보기 때문에 불행하다고 생각하는 것이다. 아주 작은 것이라도 찾아내어 행복해하고 오늘 살아 있다는 것만으로도 감사하자.

우리는 이 순간에 행복해야 한다. 행복은 목적이 아니고 과정이기 때문이다. 성공하면 행복해지는 것이 아니라 행복해야 성공이 내게 다가온다. 누구나 바라는 행복은 결코 성공의 결과물이 아니다. 순간순간 그 과정을 즐기면 우리는 행복해진다. 행복해지고 싶다면 먼저 하고 싶은 일을 찾아보자. 좋아하는 일을 하게 되면 더 이상 일이 싫어지지 않고 오히려 그것을 할 수 있는 것이 하나의 특권이 될 것이다.

일 속에서 모험적인 요소를 찾아내고, 일을 영적 성장을 위한 기회로 받아들이자. 자신의 대표적 강점을 찾아내어 자신의 존재보다 더 큰 무엇에 이바지하는 데 활용하는 것이야말로 진정한 행복에 이르는 길이다. 자신이 좋아하는 일을 찾아내고 그 일에 몰두해보자. 그 일이 나와 남을 도울 수 있는 일이라면 그 어떤 것보다 행복할 것이다.

삶은
행복의 연속이다

　'삶은 계란이다.' 인생이 얼마나 힘들고 어려웠으면 이런 말이 유행했을까. 살면서 삶은 계란을 선택할지, 날계란을 선택할지 선택은 항상 우리 앞에 있다. 인생은 선택의 연속이다. 행복한 사람과 불행한 사람의 차이는 일상의 소소한 기쁨을 얼마나 자주 느끼는가에 있다고 한다. 소소한 작은 행복이 모여 진정한 행복을 만든다. 행복의 기쁨은 강도가 아닌 빈도다.

　사람들은 내 손안에 있는 행복은 항상 작게 본다. 그러면서 남의 행복을 크게 생각하고 부러워하며 멀리서 행복을 찾으려고 애를 쓴다. 행복은 손에 잡고 있는 동안에는 작고 보잘것없이 보이지만, 놓치고 나면 얼마나 크고 소중한 것인지 알게 된다.

　통계청 국가통계포털의 혼인 통계를 보면 평균 초혼은, 남자 33.4

살, 여자 31.1살이다. 남성의 평균 초혼 연령은 1990년 27.79살이었다가 2010년 30살을 넘어선 뒤 2021년 33.35살까지 높아졌다. 여성의 평균 초혼 연령도 1990년 24.78살에서 2021년 31.08살로 높아졌다.

현대는 여성의 사회참여와 핵가족화로 아이를 키우기 어려운 환경이 되었다. 홀로 사는 사람들이 늘어나고 구직 기간도 길어졌다. 스스로 선택한 비혼이 아닌 주변 상황에 어쩔 수 없이 미혼일 수밖에 없는 사람들도 늘어나고 있다. 줄어든 결혼, 높아진 혼인 연령, 아기 울음소리 뚝, 요즘 세태를 반영하기 딱 좋은 말이다.

합계출산율이란, 한 여자가 15~49살에 낳을 것으로 기대되는 평균 출생아 수를 말한다. 세계의 출산율은 2명이 넘는다. OECD 국가의 경우, 평균 1.6명대지만, 여전히 인도, 사우디, 아프리카, 남미 등의 국가는 2명 이상을 낳고 있기에 세계 인구는 꾸준히 증가세다. 2010년에는 약 70억 명, 2022년 기준 80억 명에 육박하고 있다.

그러나 대한민국 출산율은 합계출산율 기준 역대 최저를 기록했다. 2021년 합계기준 0.81을 기록했고, 2022년 2분기에는 0.75명까지 떨어졌다. 보통 합계출산율 2명을 유지해야 해당 국가의 인구수가 유지된다고 본다. 현재 대한민국 총인구수가 5,100만 명인데, 이대로 간다면 30년 후면 3,000만 명으로 줄어들 수밖에 없다고 한다.

베이비쇼크라는 말을 들어봤는가? 동네 소아과 폐업은 그 속도가 너무 빠르고 3차 병원조차도 국가지원 없이는 소아과 유지가 안 되어 통폐합 이야기가 나오고 있는 실정이다. 우리는 초고속의 편리한 세상에 살고 있음에도 아이러니하게 암울한 시대를 살고 있다.

나는 1980년대 후반에 결혼했다. 그리고 1남 2녀를 두었다. 그때는 여자가 결혼하면 직장을 그만두어야 하는 사회 분위기였다. 나는 이틀 휴가를 내고 결혼식을 했다. 신혼여행은 버스를 타고 1박 2일로 부산 해운대를 다녀온 게 전부다.

하지만 나는 23살의 철없던 결혼식을 후회하지 않는다. 그때는 그것이 최선이었고, 모든 것은 내가 선택한 일이었다. 나는 매 순간 최선을 다하며 열심히 살았고, 남 때문이라고 책임회피는 하지 않는다. 내가 한 일은 내가 책임져야 할 일임을 알기 때문이다.

그 시절에는 사회·경제적으로 환경이 어려웠다. 그래서 결혼식 올릴 형편이 안 되는 사람들은 결혼식 없이도 살았다. 이런 서민들을 위해 시·군에서 주최하는 합동결혼식이 있었다. 여러 쌍이 함께 결혼식 올리는 장면을 TV에서 방영해주기도 했다. 결혼식 해보는 것이 평생의 소원이었던 사람들은 너무도 행복한 모습이었다.

세상은 빠르게 변화하고 환경은 급속도로 좋아지고 있다. 요즘 결혼식은 주례 없는 결혼식도 있다. 시간의 구애 없이 저녁에도 결혼식을 한다. 폐백도 거의 사라졌다. 혼주들이 축가를 부르기도 한다. 인륜지대사인 결혼 문화도 많이 변했다.

"세상에서 가장 현명한 사람은 항상 배우는 사람이다. 세상에서 가장 강한 사람은 자기를 이기는 사람이다. 세상에서 가장 행복한 사람은 범사에 감사하는 사람이다."

《탈무드》에 나오는 말이다. 그렇다. 우리는 항상 배우는 자세로 살자. 모든 것에 감사하며 살자. 그것이 항상 행복한 사람이 되는 지름길이다.

삶은 우리에게 '이렇게 살라'고 미리 주어진 것이 아니다. 자신 스스로 어떻게 살 것인지 만들어나가는 것이다. 사람들에게 좋은 사람이 되려고 하지 말자. 내 속은 썩어들어 가는데 남에게 좋게 보이려고 애쓰는 삶을 살지는 말자. 좋은 사람은 나의 기준이 아닌, 다른 사람들의 기준에 맞춰 사는 어리석은 사람일 뿐이다.

인생은 무한하지 않다. 어떤 일을 하기 전에 머뭇거리거나 일어난 결과에 연연해서는 안 된다. 인생은 너무나 짧기 때문이다. 인생에 정답은 없다. 정답이 없다는 말은 '마음 가는 대로 살아도 된다'는 뜻이다. 자신이 원하는 대로 사는 것이 정답에 가까운 삶을 살 확률이 높다는 뜻이다.

하고 싶은 일에만 온 마음을 쏟아라. 사랑을 원한다면 사랑을 생각하고, 가고 싶은 곳이 있다면 그곳에만 마음을 쏟아라. 그러면 길은 열릴 것이다. 대다수의 사람들은 삶의 끝에 와서야 인생에서 가장 중요한 것이 무엇인지를 깨닫게 된다고 한다. 후회하는 인생에서 벗어나 매 순간 자신에게 만족하는 인생을 살아가자. 삶은 행복의 연속이다.

1년 전, 큰딸의 결혼식을 치렀다. 같은 교회 안에서 만난 청년들이었기에 담임 목사님은 교제에 특별한 관심을 보이셨다. 결혼 결정을 내리기까지 세 번이나 더 신중하게 생각해보기를 권고했다. 기도하면서 서로에게 확신이 오기까지 기다리게 했다. 그리고 결혼 결정을 내린 후에는 결혼에 대한 참교육도 여러 차례 시키셨다.

혹 부부싸움을 하더라도 절대 각방 사용은 금지이며, 엄지발가락만이라도 맞대고 자야 하고, 결혼서약서를 아침저녁으로 함께 읽으며 서로의 마음을 묶도록 하셨다. 참 현명한 방법이다. 결혼 전에 이렇게 어른들이 젊은이들을 잘 이끌어줄 수 있다면, 아름다운 결혼생활이 든든히 설 수 있으리라 생각한다.

인륜지대사인 결혼은 신중해야 한다. 서로에게 앞으로의 삶을 가장 영향력 있게 좌지우지할 것이기 때문이다. 보통 결혼은 서로가 좋아하면 된다고 생각한다. 그 사랑만 믿고 결혼하지만, 막상 살아

보면 서로 다른 점이 많을 것이다. 자라온 환경이 다른 남남이 만났으니 모든 것이 다를 것이다. 성격이 안 맞고 집안이 안 맞고 취미가 안 맞고 생각이 안 맞아 힘들어한다. 그렇기에 결혼은 인생에 굉장히 큰 영향력을 끼치는 중대사다.

딸의 결혼에서 우리는 혼수나 예단 등 모든 절차를 생략했다. 둘이서만 마음 잘 맞춰 살면 그것이 최고라고 사돈끼리 합의를 본 것이다. 결혼한다는 자체만으로도 사돈과 우리는 너무 만족했다. 둘이서 오손도손 서로를 존중하며 신혼살림을 하는 모습을 보니 참 흐뭇했다.

삶은 행복의 연속이다. 진정한 아름다움은 내면에서 나오는 법이다. 행복도 행복해지고자 마음먹음으로써 행복해지는 것이다. 마음에 행복이 떠나고 없으면 어찌 행복이 나올 수 있겠는가. 행복한 삶을 원한다면 늘 가슴에 행복을 품어라. 그러면 생각하지 않아도 모든 순간 행복이 자연스레 스며져 나와 살아가는 모든 것이 좋은 쪽으로 이어지는 것이다.

단순하게 생각하라. 내가 성취한 것이 나다. 아침에 눈을 뜨면 고요한 생각 속에서 삶은 행복의 연속이라고 하루에게 지시를 내려라. 그러면 당신의 지시가 행복을 만들어간다. 그날 하루 동안 꼭 해야 할 일의 우선순위를 미리 정해놓으면 목표를 향한 일에 더 집중하게 되듯이, 삶이 행복의 연속이 되도록 스스로 우선순위를 정해보자.
당신의 기준은 어떤 삶을 향해 가고 있는가.

행복도
마음먹기 달렸다

　남편은 2남 3녀의 장남이다. 위로 누님이 3명, 남동생이 1명 있다. 그중 큰누님은 과수원집으로 시집을 갔고 1녀 2남을 두었다. 내게는 큰시누이인 큰형님이다. 큰형님은 딸이 중학교에 갈 무렵, 아이들의 교육이 걱정되었다. 그래서 도시에 사는 우리에게 아이들을 맡아주면 좋겠다고 부탁하셨다. 시골보다는 도시에서 학교를 나오면 장래가 더 낫지 않을까 생각하셨던 것 같다. 그 무렵 나는 직장을 그만두고 아이를 가져야 할 때였다.

　나는 어려서부터 동생들을 돌보며 학창 시절을 보냈다. 그래서 어지간한 어려움은 극복할 수 있었다. 주위에서는 왜 힘든 일을 맡으려 하냐고 말렸다. 큰형님은 시골에서 시아버지를 모시고 있었고, 과수원 일도 해야 했다. 그렇기에 큰형님은 아이들을 공부시키려고 도시로 쉽게 나올 수도 없는 안타까운 상황이었다. 나는 큰형님의 부탁을 거절하지 못했다.

단칸방에서 신혼살림을 하고 있던 우리에게 큰형님은 조카들이 다닐 학교 근처에 아파트를 사서 조카들과 함께 살도록 해주었다. 큰형님은 쌀이며 과일, 제철 채소들을 많이 챙겨주셨다. 나는 조카 2명과 같이 살면서 밥이며 빨래 등 일상생활은 문제가 없었다. 그러나 신혼이던 내가 조카들을 돌보며 챙기기에는, 부족한 점이 많았다.

학부모 모임이나 학예회, 소풍, 운동회 등 행사 때마다 조카들은 엄마가 그리웠을 것이다. 큰형님은 큰형님대로 아이들만 맡겨놓고 멀리 있으니 애가 많이 탔을 것이다. 내가 아무리 동생들을 돌보며 학창 시절을 보냈다고 해도, 그것은 어머니의 배경 아래에서 동생들과 어울려 컸을 뿐이었다.

지금은 나도 내 자식을 키워봤고, 세월의 연륜도 묻었다. 그래서 조카들을 더 잘 돌볼 수 있었을 텐데, 그때는 시행착오도 많았다. 그러나 그렇게 학업의 물꼬를 트면서 조카들은 도시에서 공부할 수 있었고, 어엿하게 각자의 길을 갈 수 있었다.

누군가 길을 열기 위해 무엇을 간절히 원한다면, 내가 그 길을 열수 있는 마중물이 되어주자. 누군가 내가 열어놓은 그 작은 길을 살짝 지나 자신의 큰길로 들어설 수 있다면, 얼마나 보람된 일이랴. 내가 열어놓은 작은 길이 무엇과도 바꿀 수 없는 아름다운 길이 될 것이다.

환경을 탓할 필요가 없다. 먼저 마음을 조금만 바꾸면 된다. 사람이 가장 아름답게 보일 때는 받으려는 마음이 주려는 마음으로 변할 때다. 결국 마음을 어떻게 먹느냐에 달렸다.

미국의 정신과 의사이자 세계적인 영적 스승인 데이비드 호킨스(Dr. David. Ramon Hawkins)의 《의식 혁명》에 나오는 말이다.

"정신적인 스트레스란 우리에게 주어진 조건에 저항하거나 도피하고자 함으로써 스스로를 그물에 가두는 데서 생겨나는 것일 뿐, 우리에게 주어진 조건 자체에 어떤 힘이 있는 것은 아니다. 스트레스를 '창조할 수 있는' 힘을 가진 것은 아무것도 없다. 어떤 사람에게는 혈압을 올리는 시끄러운 음악이, 다른 사람에게는 기쁨의 원천이 될 수 있다. 이혼도 원하지 않을 때는 큰 아픔이 되지만, 원하는 사람에게는 해방을 뜻한다."

조카들과 살면서 3년이 지나는 동안 나는 딸과 아들을 낳았다. 그때 연로하신 시조모님과 시어머님이 계시는 시댁으로 들어가야 하는 상황이 되었다. 그사이 조카들은 더 자랐고, 근처에 사는 동서의 보살핌과 큰형님의 열성적인 뒷바라지로 학업에 매진할 수 있었다.

모든 일은 긍정적으로 생각하고, 그 방향을 찾으면 이루어지게 되어 있다.

'어차피 해야 할 일이면 즐겁게 하라'는 말이 있다. '피할 수 없다면 즐겨라'는 말도 있다. 인간은 환경의 동물이다. 행복도 마음먹기에 달렸다. 내가 걸어온 길 말고는 나에게 다른 길이 없었음을 깨닫고, 그 길이 나를 성장시켜주었음을 믿는 것이다. 자신에게 일어난 모든 일과 과정을 이해하고, 나에게 성장의 기회를 준 삶에 감사하는 것이다.

나는 여태껏 살면서 사과를 내 손으로 사본 적이 없다. 큰형님이 보내주시는 맛난 사과가 우리 집 냉장고 과일 칸에서 언제나 나를 기다리고 있기 때문이다. 큰형님이 주시는 내리사랑은 내게 또 하나의 행복이다. 서로를 응원해주고 믿어주는 것만큼 큰 사랑은 없다.

우리는 과거와 현재와 미래를 살아가고 있다. 현재라는 시간은 과거를 만들어가고, 미래를 향해 나아간다. 그래서 힘들어도 현재를 어떻게 사느냐가 중요하다. 사람은 누구나 변화할 수 있다. 과거는 바꿀 수 없지만, 미래는 바꿀 수 있다. 삶의 기준을 과거가 아닌 미래에 두면 된다. 삶이나 환경은 나로 인해 바뀔 것이기 때문이다.

시댁에는 구순이신 시조모님과 건강이 좋지 않으신 시어머님 두

분이 계셨다. 두 분이 걱정된 남편은 본가로 가서 살자고 했다. 그때는 아이들도 어렸고, 나는 맏며느리였기에 당연히 시댁으로 들어가서 살아야 한다고 생각했다.

시댁이 있는 곳은 옛날로 치자면 한 성씨가 모여 사는 '집성촌' 같았다. 시할아버지 오형제 기준으로 윗집이 첫째 집, 시댁은 둘째 집, 앞집이 셋째 집, 골목을 돌아가면 넷째 집, 길가에는 다섯째 집이 있었다. 그 외에도 사촌 집, 육촌 집 등 거의 친척 집으로 이루어진 동네였다. 친척들이 모여 살다 보니 행사가 많았다. 그때마다 젊은이들은 어른들이 일러주는 대로 먹거리를 만들었고 이야기꽃을 피웠다. 시댁 생활은 이렇듯 촌스럽게 하루하루 지나갔다.

시어머님의 환갑 잔치가 집에서 열렸다. 전날부터 흩어져 살던 가족들이 모이기 시작했다. 가마솥에 쇠고깃국이 끓여지고, 삶은 돼지고기에 떡과 과일 등 온갖 종류의 음식이 준비되었다. 환갑상이 번듯하게 차려졌다. 한복을 입으시고 예쁘게 단장한 어머님께 자식들은 무병장수를 빌며 큰절을 올렸다. 단체 가족사진도 찍었다.

장남인 남편은 어머니를 등에 업고 마당을 한 바퀴 돌며 낳아주시고 키워주신 은혜에 감사했다. 잔치의 흥을 돋울 밴드도 불렀다. 온 동네가 떠들썩한, 신나는 환갑축하 잔치가 벌어졌다. 그러나 이제는 이런 풍경은 옛날 모습이라고 해야 할 것 같다. 요즘은 이런 행사가 열리지 않는다. 환갑이라는 말은 있어도 환갑 잔치 행사는 스르르 자취를 감추었다.

시댁에 사는 동안 시조모님의 장례식도 집에서 치렀다. 시조모님은 93살까지 약 하나 드신 적 없이 건강하게 지내셨다. 밖에 나와 걷지는 못하셨어도 방에서 엉덩이를 밀고 다니셨다. 손주 며느리인 내가 앞마당에 있으면 앞문으로, 뒷마당으로 가면 뒷문을 열고 나를 보시던 분이셨다.

시조모님은 돌아가시기 며칠 전까지 식사를 손수 드셨다. 백발을 곱게 넘겨 쪽머리를 하시고 항상 단정한 모습이셨다. 세월 앞에 장사 없다고 기력이 다 쇠진해 천수를 다하시고 돌아가셨다. 삼일장을 치르고 가족과 일가친척의 배웅을 받으며 꽃상여를 타고 나가시던 모습이 눈에 선하다.

나는 시댁에 사는 동안 도시의 아파트 생활에서 벗어나 시골의 전원 생활을 누렸다. 10년이 지나는 동안 셋째 아이도 낳았다. 세 아이는 좋은 공기를 마시며 숲속을 산책하고, 흙을 밟으며 자연 속에서 건강하게 잘 자라주었다. 돌아보면 가장 적절한 시기에 알맞게 좋은 것만 누린 것 같다. 나는 시댁에서 아이들과 함께 가장 행복한 시간을 보낸 것이다.

행복도 마음먹기에 달렸다. 지나간 날에 연연해하는 사람보다 더 어리석은 사람은 없다. 절대 지나간 시간을 후회하지 마라. 차라리 그것을 발판삼아 다가오는 삶에 의미를 부여해서 더욱 잘 살도록 노력해야 한다. 희망을 생각하는 사람은 희망을 끌어당기게 되고, 행복을 생각하는 사람은 행복을 끌어당기게 된다.

내가 행복하지 않으면
아무도 행복하지 않다

나는 시댁에 살면서 큰아이와 10살 차이 나는 막내를 3살까지 키웠다. 그리고 시어머님을 모시고 시댁 인근의 작은 도시로 나와서 살았다. 시어머님께서 막내를 키워주셨기에 나는 다시 직장 생활을 할 수 있었다. 전문직 간호사 면허증이 있으니 취업은 쉽게 할 수 있었다. 그러나 세 아이를 키우며 여성이 직장 생활을 한다는 것은 쉬운 일이 아니었다.

나는 시어머님의 내조를 힘입고 직장 생활을 할 수 있었으니 참 행운이었다. 늦게 다시 시작한 직장 생활이 요양병원 간호사 20년의 경력자로 만들어주었다.

2008년 전 국민에게 준조세의 성격을 지닌 사회보험 중 하나인 노인 장기요양보험을 시작하면서 요양병원은 폭발적으로 늘어나 현재에 이르렀다. 요양병원 수가제도는 2008년 이전까지는 환자에게 맞춤형 의료를 제공할 수 있는 행위별 수가제였지만, 2008년부터 1일당 정해진 금액을 지급하는 일당 정액제로 전환되었다. 그래서 요양병원에 입원하면 한 달에 지불할 입원비가 정해진다.

지금은 100세 시대다. '과연 100살까지 살 수 있을까?'라고 의심하는가. 요양병원에 한번 가보라. 60살은 한창나이다. 퇴직 이후 100살까지 거의 40년이란 세월이 우리를 기다리고 있다는 것을 기억해야 한다.

나는 요양병원에 근무하면서 더욱 이런 사실을 피부로 느꼈다. 요양병원에 입원하면 환자 상태에 따라 다르긴 하지만, 기본 한 달에 80~130만 원 정도를 지불해야 한다. 이 금액을 보호자가 매달 감당하자면 얼마나 큰 부담이 되겠는가. 우리가 노년이 되어 입원한다면, 이 금액을 지불할 준비가 되어 있는가. 우리는 무엇으로 인생의 남은 40년 이상의 세월을 버틸 것인지 생각해야 한다.

요양병원에 오래 근무하다 보니 유난히 관심을 가지고 자주 연락하며, 면회 횟수가 많은 보호자가 있다. 그런 경우, 대부분 환자의 경제력이 높은 편이었다. 그래서 자식들이 번갈아가며 찾아온다.
어떤 보호자들은 외출이 힘든 환자를 모시고, 동사무소나 은행으로 외출을 다녀온다. 아마도 마지막 서류 정리가 필요했을 것이다. 그런 일이 지나가면 면회 횟수가 눈에 띄게 줄어든다. 어떤 환자분은 사망 당시 보호자와 연락도 잘 안 되는 상태였고, 고액의 병원비가 밀려 있기도 했다. 참 안타까운 현실이다.

시어머님은 고혈압과 당뇨병이 있어서 오랫동안 약을 드시고 계셨다. 어느 날, 가슴이 쪼이듯이 아프고 식은땀이 난다고 하셨다. 그러다가 증상이 사라졌지만, 다시 같은 증상이 있다고 하셨다. 이런 경우, 심근경색증의 전조 증상일 수 있다.

응급실로 모셔가 진찰을 받았고, 바로 상급병원으로 급히 이송되었다. 시어머님은 급성심근경색 진단을 받았다. 급성 심근경색증은 심장 근육을 먹여 살리는 관상동맥이 갑작스럽게 완전히 막혀서 심장 근육이 죽어가는 질환이다. '혈전'이라는 피떡이 심장에 혈액을 공급하는 관상동맥을 갑자기 막아서 심장 근육으로 혈액이 공급되지 않아서 발생하게 되는 위험한 질환이다.

심근경색증으로 진단을 받게 되면 어느 병원, 어느 의사라도 초를 다투는 치료를 시작해야 한다. 가장 빠른 시간 안에 막혀 있는 관상동맥을 다시 열어주는 것이 치료의 핵심이다. 막힌 관상동맥을 뚫어주는 가장 확실한 방법은 '관상동맥 확장 성형술'을 받는 것이다. 이는 풍선이나 스텐트라는 금속 그물망을 이용해 혈관을 확장해주는 시술이다.

시어머님은 대학병원에서 관상동맥 확장 성형술을 받으신 후, 증상이 좋아지셨고, 일반병실로 옮기셨다. 모든 것이 순조로워 다행이었다. 시어머님은 매일 챙기시던 손자를 보고 싶어 하셨다. 나는 학교를 마치고 온 아들을 데리고 병원으로 갔다. 시어머님은 그때 너무나 환한 모습으로 손자를 보며 좋아하셨다.

시어머님의 좋아진 모습에 시동생 내외와 우리 가족은 안심하며 기뻐했다. 그리고 병원 앞 식당에서 저녁 식사를 하고 어머님께 인사드리려고 다시 병원으로 갔다. 내가 병실 복도에 도착했을 때, 병원 내 방송에서는 '파랑새, 파랑새'가 다급한 목소리로 울려 나왔다. 이는 병원 내 심정지 환자가 발생했을 때 응급심폐소생술 전문 인력을 부르는 소리다.

나는 가슴이 철렁했다. 관상동맥 확장술을 받은 어머님이 떠올랐다. 병실로 앞서가던 동서가 주무시는 어머님이 이상하다며 간호사를 불렀다고 했다. 의료인들은 시어머님의 침대를 복도로 끌어내고 있었고, 침대 위에서는 심폐소생술을 시행하고 있었다. 곧바로 시어머님은 중환자실로 옮겨졌다.

스텐트는 외부에서 삽입된 이물질로 혈액과 접촉하면 혈전이 발생되어 '스텐트 혈전증'을 유발할 수 있다. 중재 시술 이후에는 혈전으로 인해 혈관이 다시 막히는 합병증을 예방하기 위해 6개월에서

1년 동안 두 종류의 항혈소판제를 복용하고, 그 이후에도 한 종류의 항혈소판제를 평생 복용해야 한다.

시어머님은 혈관 시술 후 좋아졌지만, 혈전이 다시 발생해 급성 심정지를 일으킨 것이다. 응급 심폐소생술에도 불구하고 시어머님은 의식을 회복할 수 없었다. 그렇게 애지중지하던 손자를 보며 환하게 좋아하셨던 모습이 마지막이 될 줄 어떻게 알았으랴.

시어머님은 혼수상태에 빠졌고, 인공호흡기를 의지한 채 숨을 쉬고 계셨다. 음식을 삼킬 수 없으니 비위관을 삽입해 영양을 공급받았다. 배뇨가 제대로 되지 않으니 유치도뇨관을 삽입해 소변을 비워냈다. 어쩌면 다시 한번은 의식이 돌아올 거라는 희망에 남편은 모든 것을 걸었다.

시어머님은 그런 모습으로 의료인의 전적인 도움을 받으며 살아계셨다. 남편은 거의 하루도 빠짐없이 병문안을 갔다. 그러나 시어머님은 한 달이 지나고, 1년이 지나도, 의식이 돌아오지 않았다.

시어머님은 열여덟에 신랑의 얼굴도 모르고 시집와서 매운 시집살이를 견디시고, 고된 집안 살림을 도맡아 하셨다. 시아버님의 이른 병환으로 집안 경제까지 책임지셔야 했다. 시어머님은 농사일에, 학교 식당 일에 힘겨운 인생을 사셨지만, 시모를 잘 공양해 시에서 주는 효부상을 받으신 장하고 현숙한 분이시다.

고혈압과 당뇨의 지병은 있었지만, 약도 잘 챙겨 드시고 음식 조절도 잘하셨다. 그런데 갑자기 찾아온 가슴 통증이 인생의 마지막을 이렇게 장식할 줄 상상이나 했겠는가. 당신도 이런 삶을 원치는 않으셨을 것이다. 요양병원에서 3년 가까이 같은 모습으로 누워 계시던 어머님은 눈에 띄지 않게 조금씩 여위어가셨고 힘겨워 보였다.

나는 이런 시어머님이 너무 불쌍하고 외로워 보였다. 단 한 번이라도 행복하게 해드리고 싶었다. 주말 저녁, 나는 병원의 허락을 얻어 시어머님 곁에 하룻밤 머물렀다. 대화는 할 수 없었지만 "어머님 힘드시지요?" 위로의 말을 건네며 얼굴도 닦아드리고 몸도 주물러 드렸다. "함께 살면서 잘못한 일들일랑 용서해주세요. 이제는 이런 고통에서 벗어나 천국에서 행복하게 사셔요" 하며 이런저런 말동무가 되어드렸다.

어머님의 눈에서는 눈물이 흘러내렸다. 우연인지는 모르겠지만, 내 말을 다 듣고 계신 것만 같았다. 나 또한 눈물이 흘러내렸고, 어머님의 눈물을 닦아드리며 안아드렸다. 나는 어머님의 마지막이 외롭지 않고, 한순간이라도 사랑과 행복을 느낄 수 있기를 원했다.

이틀 뒤, 어머님은 편안한 모습으로 운명하셨다. 나는 어머님의 가시는 길에 말동무가 되어드려 다행이라고 생각했다. 결혼해 어머님과 함께한 시간이 주마등처럼 지나갔다. 사람은 태어나서 누구나 죽음을 맞이하게 된다. 그 누구도 죽음을 피할 수 없다. 웰빙(well be-ing)의 잘 사는 것을 넘어 잘 죽는 것을 웰 다잉(well dying)이라고 한다.

자신의 죽음을 미리 아름답게 장식할 수 있다면 얼마나 좋을까. 예기치 않게 찾아오는 죽음을 웰 다잉으로 마감할 수 있다면, 최고의 행복이 아닐까. 우리는 전부 우리 각자 인생의 오너다. 내가 행복하지 않으면 아무도 행복하지 않다.

무조건
행복할 것

나는 고등학교 때 시내 고등학생 연합 '목민회'라는 문학 동아리에 가입해 활동했다. 가을이면 시화전을 열었고 많은 학생들이 방문해 전시회를 관람했다. 나는 친구들의 꽃다발과 응원을 받으며 행복했었다. 시화전 마지막 날은 품평회를 하며 문학의 꿈을 키웠다. 나는 국문과를 다니며 시를 쓰고 시집도 내고 싶었다.

어려운 가정형편에 홀로 다섯 자매를 키우신 어머니는 대학을 고집하는 나에게 간호과를 권유했다. 나는 여상을 졸업하고 취업해서 살림에 보탬이 되어야 했지만, 그래도 어머니는 맏딸이 잘되어야 한다며 대학에 보내주셨다. 비록 국문과는 못 갔지만 간호과를 간 후로도 교내 기자를 하며 문학의 꿈에 다가갈 수 있었다.

내 가방에는 늘 시집이 들어 있었고 시를 암송하면서 행복했었다.

목민회원 중에는 신춘문예에 당선되어 시인에 등단한 선배도 있었다. 모두 시인이 되려고 부단히 노력했다. 그러나 나는 간호과에 적응하기 바빴고, 병원 실습과 간호사 면허시험 준비로 내가 원하던 시집은 서서히 지워져갔다.

많은 세월이 지나 뒤돌아보니 내 꿈은 지워진 게 아니었다. 서점에 진열된 수많은 책을 보면서 가슴이 설레고 '나도 책을 쓰고 싶다'라는 그 무엇이 올라오곤 했다. '죽기 전에 내 책 한 권은 써봐야지' 하는 막연한 소원을 다시 품고 있었다.

어느 날, 우연히 유튜브 '김도사 TV'를 보게 되었다. 김태광 작가(김도사)는 "성공해서 책을 쓰는 게 아니라 책을 써야 성공한다"라고 말하고 있었다. 이 한 문장이 내 정신을 번쩍 들게 했다. 순간 '나도 내 이름으로 된 책을 쓰자'라는 생각이 들었다.

헤르만 헤세(Hermann Hesse)는 말했다.
"책 속에서 자신을 발견할 수 있고 지혜를 얻을 수 있고 필요한 모든 것을 찾을 수 있다."

나는 지금까지 수많은 책을 사서 읽었고 책 속에서 나를 발견했다. 그런데 나는 뭐가 달라졌는가? 책을 읽을 당시는 조금의 변화가 있었을지 모르지만, 다시 그대로였다. 항상 무언가에 목말라 있었다.

그것은 소비자의 삶만 살았기 때문인지도 모른다. 이제 나는 소비자의 삶에서 생산자의 삶으로 탈바꿈했다.

모든 것은 마음먹기에 달려 있다. 자신의 꿈을 실현하기 위해서는, 자아성찰을 통해 미래의 꿈을 시각화해야 한다. 나를 브랜딩하는 가장 빠르고 좋은 방법은 책을 쓰는 것이다. 사람은 누구나 자신만의 영감과 지혜를 갖고 있다. 지금 어떤 사람은 나의 경험 이야기를 절실히 필요로 하고 있을지도 모른다. 나는 책 쓰기를 통해 독자에서 작가로 변신했다.

작가, 코치, 강연가로 당당하게 사는 법이 담겨 있는《나는 책 쓰기로 당당하게 사는 법을 배웠다》라는 책이 있다. 이 책은 "책 쓰기는 인생을 바꾸는 최고의 자기계발이다. 당신이 직장인이라면 만사 제치고 책부터 써라!"라고 외치고 있다. 나 역시 더 나은 삶을 살기 위해 책을 썼다. 또한 나는 내가 쓰는 글이 많은 사람에게 위로가 되고 희망이 되어줄 것이라고 믿고 있다.

시인이자 소설가인 나탈리 골드버그(Natalie Goldberg)는 저서《뼛속까지 내려가서 써라》에서 끊임없이 독자에게 "쓰세요, 거침없이 쓰세요, 쓰세요, 손을 쉬게 하지 마세요. 너무 많이 생각하지 마세요. 편집하려 하지 마세요. 못할 거라는 자기부정에서 벗어나세요"라고 말한다.

책을 쓰기 시작한 나에게 큰 위로와 동기부여가 되는 말이었다. "네, 그럴게요. 절대 포기하지 않고 쓰고 또 쓸게요." 나는 이제 절대 꿈을 놓지 않으리라 결심했다. 꿈과 함께 무조건 행복하기로 작정했다.

김태광 작가는 《기적수업》에서 말한다.

"내 이름이 들어간 책을 써서 사진을 찍어주는 사람이 아닌 누군가에게 사진을 찍히는 사람이 되라. 사인을 받는 사람이 아닌 사인을 해주는 사람이 되라. 작가님이라는 호칭을 불러주는 사람이 아닌 호칭에 대답하는 사람이 되라. 그러면 당신은 아주 특별한 사람으로 거듭나게 된다."

"언젠가 할 일이라면 지금 당장 하라. 지금 하지 않으면 언젠가는 오지 않을뿐더러 오더라도 몇 배의 시간과 에너지와 비용이 들게 된다."

'책을 한 권도 안 쓴 사람은 많지만, 책을 한 권만 쓴 사람은 드물다'라는 말이 이해된다. 나도 책을 썼고, 다음 책 제목을 생각하게 되니 말이다. 나는 1년에 책 두 권을 출간할 예정이다. 책 쓰기는 인생을 바꾸는 최고의 자기계발이기 때문이다.

내가 목표를 설정하지 않는 한, 아무도 길을 안내해주지 않는다. 편안하면서 존경받는 삶은 없다. 내 책으로 나를 브랜딩하고 베스트셀러 작가가 될 것이다. 책이 나 대신 전국 방방곡곡에 나를 알릴 것이다. 또한 나는 유튜버가 되어 내 책을 알리고 1인 창업의 기회도 누릴 것이다. 동기부여가로 강연도 할 것이다.

내 책이 출간되면 내 영향력에 더 힘이 실릴 것이고, 나처럼 성공을 갈망하는 사람들을 이끌어갈 수 있을 것이다. 내 책을 통해 부의 추월차선으로 갈아타고 인생 2막을 행복하고 풍요롭게 누리며 살아갈 것이다.

인생은 순간이다. 순간을 기다리지 말고 그 순간을 만들자. 희망은 볼 수 없는 것을 보고, 만져질 수 없는 것을 느끼고, 불가능한 것을 이룬다. 관점을 바꾸면 보이지 않던 것들이 보이기 시작한다.

세계 최고의 기업가이자 기부가로 역사 속에 이름을 남긴 앤드류 카네기(Andrew Carnegie)는 이렇게 말한다.

"평균적인 사람은 자신의 일에 자신이 가진 에너지와 능력의 25%를 투여한다. 세상은 능력의 50%를 일에 쏟아붓는 사람들에게 경의를 표하며, 100%를 투여하는 극히 드문 사람들에게 머리를 조아린다."

무엇을 후회하고 무엇을 두려워하는가? 걱정은 내일의 슬픔을 덜어주는 것이 아니라, 오늘의 힘을 앗아갈 뿐이다. 무조건 행복해지

자. 스스로 하지 않으면 아무도 자신의 운명을 개선시켜주지 않는다. 지금, 이 순간을 현재의 눈으로 보지 마라. 먼 영원의 눈으로 현재를 보자.

무조건 행복해지고 싶다면 마음을 다하고 목숨을 다하고 뜻을 다해 자신의 꿈을 성취하라. 나를 변화시킬 수 있는 것은 내 의식뿐이다. 태도가 운명을 결정한다. 우리가 무언가를 하고 싶다는 것은 그것을 할 능력이 있다는 것이다. 운명은 오는 것이 아니라 만드는 것이다.

행복해서
감사합니다

    사람들은 "다복하시네요", "200점이네요" 하면서 나를 부러워한다. 왜냐하면 나는 결혼해서 딸, 아들, 딸 삼 남매를 낳았다. 첫아이는 살림 밑천이라 딸이 좋다 하고, 둘째는 아들을 낳았으니 집안 기둥이라고 좋아한다. 막내는 딸을 두었으니 딱 좋다고 했다.

    나는 맏며느리였기에 아들을 낳아야 한다고 생각했다. 그래서 둘째 아이를 낳고, 아들인지 확인할 때까지 마음이 조마조마했다. 아들이 아니면 또 아이를 낳아야 하는 이 고통을 어찌 견딜까 생각했기 때문이다.

    그 시절에는 남아선호사상이 심했다. 시어머님은 시집을 와서 내리 딸만 4명을 낳아 시집살이를 엄청 심하게 했다고 하셨다. 친정어머니도 아들 하나 더 낳아 인정받아보려고 아들 낳으려다 딸 5명을 낳았다. 며느리로 들어와 집안의 대를 이을 자손을 낳는 게 며느리들의 의무였다.

1970년대에 정부는 식량난 해결을 위해 산아제한정책을 시행했다. '딸·아들 구별 말고 둘만 낳아 잘 기르자.' 1980년대에는 한 아이만 낳자는 정책을 펼쳤다. 그러다 지금은 인구 절벽이 본격화되었다. 인구 절벽이란, 생산연령인구(15~64살)의 비율이 급격히 줄어드는 현상을 말한다.

요즘은 결혼도 늦어지고 결혼율도 뚝 떨어졌다. 출산율은 말할 것도 없다. 세월은 참 휙휙 잘도 지나가고 잘도 변한다. 내가 세 아이를 키우는 동안 정부는 아무런 지원도 없었다.

지금은 자녀장려금을 비롯해 출산지원금, 부모수당, 양육수당, 아동수당 등 지원금제도가 수두룩하다. 저출산으로 인해 출산이나 양육의 경제적 부담을 경감하기 위해 도입한 제도다. 그래도 출산율은 점점 떨어지는 상태이니 우리는 참 힘든 세상을 살고 있는 것 같다.

큰딸은 초등학교 때 반에서 아픈 아이가 있으면 직접 양호실로 데려가는 등 친구들을 잘 도왔다. 그리고 노래 부르는 것을 좋아해서 예술 고등학교 성악과를 졸업했다. 고3 때는 대학교에서 주최하는 고등학생 성악 콩쿠르에서 일등을 하고, 성악과 장학생으로 대학교에 입학했다. 졸업 후 뮤지컬배우가 되겠다고 서울로 갔다.

큰딸은 서울에서 아르바이트를 하며 배우학원에 다녔다. 여러 곳에 오디션을 보기도 했다. 노래와 연기력을 겸해야 하는 뮤지컬배우가 되는 것이 쉬운 일은 아니었지만, 어려움 가운데서도 실력을 키우고자 무던히도 애썼다. 그리고 대학가에서 뮤지컬배우로 활동했다.

대학가 뮤지컬배우로 살아 보다 뭔가 다시 생각하는 것 같았다. 세상에 이끌려 사는 삶이 아닌, 신앙 안에서 믿음으로 사는 삶을 선택했다. 그리고 '광야'라는 기독교 뮤지컬 단체의 배우가 되었다. 복음을 뮤지컬로 전하는 새로운 개척의 길을 걷고 있다.

이제는 믿음 안에서 귀한 짝을 만나 결혼까지 했으니 참으로 안심이다. 더 이상 걱정할 것이 없다. 앞으로의 길은 믿음 안에서 서로 연합해 잘 헤쳐나갈 것이다. 젊은이들의 본이 되고, 길이 되기를 기대해본다.

아들은 할머니의 자상한 보살핌 아래 온유하게 잘 자랐다. 성격이 유순하고 착했다. 어느 날 아들은 방과 후 오락실에서 시간을 보내다 집에 늦게 왔다. 그 사실을 거짓말하다가 내게 호되게 야단맞은 적이 있었다. 아들은 그때 자기를 훈육해주었기에 다시는 거짓말을 하지 않는 사람이 되었다고 회상했다.

부모의 훈육은 아이들에게 굉장히 중요하다. 훈육은 품성이나 도덕 따위를 가르쳐 기름을 말한다. 훈육했을 때 애가 기죽을까 봐 고민하는 부모들이 있다. 훈육은 화를 내는 게 아닌, 해야 하는 것과 하면 안 되는 것을 가르치는 것이다. 올바른 기준을 세워 바른 인성을 정립할 수 있도록 어른들이 이끌어주어야 한다.

아들은 고3이 되었을 때 진로를 정하기가 쉽지 않았다. 그때 중의대학교 입학을 추천받았다. 의료선교의 목적도 있었다. 그래서 중국어를 공부했고, 중국에 있는 중의대학교로 유학을 갔다. 중국어로 하는 수업이 어려워 포기하는 학생들도 있었지만, 아들은 다행히 중국어를 잘 습득했다. 성적이 우수해 장학생이 되었고, 중의사 시험에도 합격했다. 학교에서는 외국인 학생에게 주는 장학금 제도가 따로 있었다. 아들은 대학원 3년 석사 과정의 학비는 장학금으로 충당했다.

나는 아들의 방학 기간에 중국에 가서 일주일간 아들과 함께 행복한 시간을 보냈다. 대학병원에서 진료 과정도 봤고, 지도 교수님과 사진도 찍었다. 지도 교수님은 타국에서 온 제자의 어머니라고 특별히 반겨주셨다. 지하철도 타보고 여러 관광지도 다녔다. 중국어도 못하는 내가 슈퍼마켓에서 장을 보고, 백화점도 활보하며 다녔다.

아들은 석사 과정을 마치고 귀국했다. 그리고 병역 의무를 다하기 위해 늦은 나이에 육군에 입대했다. 유학 중에 혼자 생활하다 보니 군대에서 나이가 어린 동기들과 함께 생활하는 것이 어려웠다고 했다. 기도하는 시간을 가져야 하는 아들은 혼자만의 생활공간이 없으니 그것이 참 아쉽고 견디기 힘들었다고 했다.

아들은 유학 시절 독학으로 기타를 배웠다. 힘들고 외로운 시간마다 기타로 마음을 다잡다 보니 연주자의 실력을 갖추었다. 학업이나 군 생활을 이겨내는 데도 기타가 한몫했다. 다행히 늦은 군 생활을 잘 마치고 전역할 수 있어서 기뻤다.

대학원 박사 과정은 학비와 생활비까지 지원해주는 전면 장학제도가 있었다. 장학생으로 발탁되어 학업을 위해 다시 중국으로 갔다. 3년의 박사과정 중에 코로나가 겹쳐 힘든 시간을 보내기도 했지만, 졸업논문을 무사히 통과하고 졸업했다. 코로나가 끝나고 중국가는 길이 열려 나는 졸업식에 참석할 수 있었다. 담당 교수님은 장한 아들이라고 칭찬하시며 아쉬움의 눈물을 글썽이셨다.

처음 중국 유학을 갈 때는 중국어만 잘해도 좋겠다고 생각했다. 10년 세월을 중국에서 학업에 열중한 아들이 대견하고 자랑스럽다. 큰 시행착오 없이 이국땅에서 잘 견뎌낸 장한 젊은이다.

우리나라는 한의대가 있어 중의사 자격증으로 한국에서는 개원을 못 한다. 그럴지라도 중의사가 된 아들이 앞으로 나갈 길이 분명 있으리라 생각한다. 뜻이 있는 곳에 길이 열릴 것이라 나는 확신한다.

중학생 때부터 믿음이 돈독한 아들은 앞으로의 여정을 걱정하지 않는다. 하나님의 뜻이 있는 곳에 자신이 있을 것이라는 믿음을 가지고 있다. 일단 주어진 학업의 길을 다 완수하고 기다리고 있으니 다음 길이 분명 열릴 것이다. 《성경》 '디모데후서' 4장 7절에 있는 말씀을 생각해본다. ''나는 선한 싸움을 싸우고 나의 달려갈 길을 마치고 믿음을 지켰으니.'

맏이와 10년 차이 나는 늦둥이 막내딸은 눈치도 빠르고 자기 할 일은 혼자 알아서 잘해냈다. 초등 1학년 때부터 반장을 해서인지 리더십도 있고 친구들도 잘 사귄다. 중학교 체육대회 날, 학교를 방문했는데 순서마다 참가하는 친구들을 격려하고 이끌어가는 모습을 보고 나는 깜짝 놀랐다. 집에서는 볼 수 없는 대견한 모습이었다.

무엇이든지 적극적으로 애착심을 가지고 하는 것을 보면 뭔가 남달랐다. 영어영재에 뽑혀 시에서 지원하는 특별 영어교육도 받았다. 또한, 바이올린을 초등학교 때부터 배웠는데 음감이 뛰어나고 악보를 안 보고도 연주를 잘한다.

막내는 대학입시 준비도 서울을 목표로 알아서 했다. 전공도 스스로 선택했다. 막내는 서울에서 대학을 다녔다. 큰딸이 서울 생활을 한 이후 나는 세상을 보는 눈이 달라졌다. 자기 주관만 뚜렷하고 소신만 있다면 어디에 살든지 걱정할 필요가 없다고 생각했다.

사실 딸들이 대학에 다닐 때 호주 워킹홀리데이를 가고 싶다고 했다. 지방에 살던 나는 딸들의 서울 생활도 걱정이었던 터라 외국 생활은 흔쾌히 허락할 수가 없었다. 지금 생각해보면 내 눈이 어두워 더 큰 세상에 나아갈 아이들을 붙잡은 게 참 후회가 된다. 부모의 의식이 깨어 있어야 자녀들을 더 밝은 세상으로 이끌어줄 수 있다는 것을 늦게 깨달았다.

지금 막내는 다니던 직장을 그만두고 한 달간 유럽여행을 다녀왔다. 넓은 세상을 마음껏 보고, 느끼고 세상에 태어난 이유를 다시 깨달아 세상을 향한 날갯짓이 더 의미 있어지리라 생각해본다.

내가 아는 언니의 아들 부부는 둘 다 공무원을 그만두고 제주도에 아담한 레스토랑을 차렸는데, 일주일에 3일만 운영한다고 했다. 부모의 생각으로는 이해가 안 된다고 했다. 하지만 그들은 세상이 만들어놓은 안전한 기준이 아닌, 자신의 마음이 행복하다고 말하는 삶을 살고 있는 것이다.

나는 행복해서 감사하다. 내 아이들을 자랑하고자 함이 아니다.

아이들을 키우는 매 순간마다 어찌 근심 걱정이 없었겠는가. 그럴지라도 그 모든 순간을 이겨내고 각자의 길을 어엿이 가고 있으니 그저 감사할 뿐이다. 감사는 그 자체로 위대함을 불러오는 위대한 정신이다. 감사함은 근육이다. 단련하라. 감사할 일을 찾아라. 감사 단지를 채워라.

《성경》에는 '염려하지 말라'는 의미의 말씀이 무려 550번이나 나온다고 한다. 염려는 우리의 영혼이 제 기능을 수행하지 못하도록 만든다. 염려는 귀중한 시간을 낭비하는 바보 같은 짓이다. '마태복음' 6장 27절은 말한다. '너희 중에 누가 염려함으로 그 키를 한 자라도 더할 수 있겠느냐.' 염려는 행복의 방해꾼이다. 염려 대신 감사하자. 감사는 펌프에 붓는 마중물처럼 더 많은 감사를 불러온다. 감사의 마음이 강할수록 감사할 일이 생긴다.

찰스 스펄전(Charles Haddon Spurgeon) 목사는 감사에 대해 이렇게 말했다.

"불행할 때 감사하면 불행이 끝나고, 형통할 때 감사하면 형통이 연장된다. 촛불을 보고 감사하면 전등불을 주시고, 전등불을 보고 감사하면 달빛을 주시고, 달빛을 보고 감사하면 햇빛을 주시고, 햇빛을 보고 감사하면 천국을 주신다."

- 2장 -

행복하지 않으면
인생이 아니다

행복을 내 편으로
만드는 방법

《나는 100만 원으로 크루즈 여행 간다》의 책을 읽고 크루즈 여행을 해보자고 마음에 품었다. 일생에 한 번은 크루즈 여행을 해보는 것이 꿈인 사람들이 많다. 그래서 버킷리스트 목록에 크루즈 여행을 적는다. 나도 크루즈 여행을 내 버킷리스트 목록에 적었다. 그 후 얼마 지나지 않아 지인이 크루즈 여행을 간다고 하자, 나도 그 크루즈 여행에 합류했다. 드디어 일생에 해보고 싶은 일의 하나를 실행하게 되었다.

주위에 크루즈 여행에 관해 물어보면 대부분 가보고 싶다고는 한다. 그러나 크루즈 여행은 나이가 들어서 가는 여행인 줄 안다. 비용이 많이 들고 시간도 많이 내야 한다는 인식이 대부분이다. 실제로 한국인 크루즈 이용객은 만명에 세명 정도로 드물다.

나는 책을 읽고 간접경험을 했기에 긍정의 마인드로 기분 좋게 크루즈 여행을 출발했다. 크루즈 여행은 세계여행이기에 전 세계를 향한 코스가 수도 없이 많다. 남편과 함께 4박 5일 동남아 일정으로 크루즈에 탑승했다.

승선 절차는 공항과 거의 같다. 여권을 스캔하고 짐 검사를 한다. 모든 절차를 마친 후 승선한다. 크루즈에 탑승하면 첫날에 해상안전교육을 받아야 한다. 현장에 가서 출석체크를 못 했을 경우에는 각자 방에서 TV로 시청해야 한다. 승선하면 매일 오후에 그 다음 날 프로그램이 나온다. 다음 날 기항지투어 프로그램도 종류별 목적지별로 게시되면 그때 신청하면 된다.

1일 차 인천공항에서 싱가포르 공항에 도착 후 크루즈 탑승 항구로 이동해 승선했다. 2일 차 말레이시아 페낭에 도착, 페낭에는 정박 항구가 있어서 크루즈선에서 바로 내려 기항지 관광을 했다. 3일 차 태국 푸껫에 도착했다.

푸껫에는 크루즈선 정박항구가 없기에 작은 배로 푸껫 해변까지 이동시켜준다. 푸껫 해변은 여름 휴양지다. 각 나라 관광객들로 붐비고 여행의 맛이 풍겨났다. 우리가 타고 온 크루즈선이 저 멀리 바다 가운데에서 우리가 기항지를 마음껏 즐기고 돌아오기를 기다리고 있었다.

크루즈 안에서는 술 외에 거의 모든 것을 무료로 즐길 수 있다. 뷔페는 항상 열려 있고, 여러개의 고급 레스토랑도 식사 때마다 무료 이용이 가능하다. 메뉴판을 보고 웨이터에게 원하는 음식을 주문하고 마음껏 즐길 수 있다.

매일 저녁 멋진 공연을 관람할 수 있다. 또한, 카지노, 수영장, 암벽 타기, 트랙, 마사지, 각종 스포츠를 즐길 수 있다. 각종 주얼리 숍, 명품 숍에서 쇼핑을 즐길 수 있다. 곳곳에 편안히 쉴 수 있는 시설이 무수히 많다. 사방이 바다라 원 없이 바다와 하늘을 즐길 수 있다.

룸도 굉장히 청결하게 관리해주었다. 세계인이 함께 즐기는 여행이기에, 배울 것도 알아갈 것도 많은 것 같다. 생활 습관이 다른 여러 민족이지만, 어울려 살아가는 방식은 다를 게 없다. 서로 양보하고 지지하면서 어울리는 것이다. 세계 공통언어인 미소를 잊지 마시라.

언어가 안 된다고 걱정하는가. 전혀 그렇지 않다. 'excuse me(익스큐즈미)', 'thank you(땡큐)', 'sorry(쏘리)', 이 세 단어만 하면 아무 지장이 없다. 그리고 우리에게는 보디랭귀지가 있지 않은가. 또한 강력한 무기인 파파고 앱을 통해 언어의 장벽을 해결할 수 있다. 세계여행은 언어가 문제가 아니다. 세계를 향한 닫힌 마음의 장벽을 무너뜨리는 데 답이 있다.

남편은 파파고 앱을 깔고부터는 여유로운 표정이었다. 식사 때마다 메뉴판을 찍어 파파고 통역으로 음식을 바로 주문했다. 나 또한 대화가 필요할 때는 파파고를 통해 대화하고, 부족하면 앱 화면을 상대방에게 보여주면 대화가 통했다. 사실 여행 대화는 유창하지 않아도 된다. 서로 뜻이 통하면 되는 것이다.

여객터미널 화장실에 갔을 때다. 좌변기에 앉고 보니 화장지가 다 쓰고 채워지지 않은 상태였다. 순간 당황했다. 가방에도 휴지가 없었다. 나는 화장실 칸막이벽을 노크하면서 "Excuse me, Tissue please(익스큐즈미, 티슈 프리즈)" 할 수밖에 없었다. 곧 휴지 뜯는 소리가 나면서 칸막이 밑으로 휴지를 내밀어주었다. "Very thank you(베리 땡큐)" 모든 것은 다 통하게 되어 있다.

행복을 내 편으로 만들자. 주저하다가 이것저것 다 놓치지 말고 실행해보는 것이다. 젊은 부부들은 어린이와 함께 여행을 즐겼다. 크루즈 안에는 어린이를 위한 장소와 프로그램도 훌륭하다. 휠체어를 탄 분들도 자주 보였다. 크루즈는 남녀노소 모두가 마음껏 여행을 즐기며 휴식을 취하기에 충분하다.

외국에서는 수학 여행을 크루즈 여행으로도 한다. 공항에서 만난 어떤 외국의 노부부는 28일간 크루즈 여행을 한다고 했다. 참 보기가 좋았다. 페낭의 발 마사지 숍에서 만난 한국 부부는 우리가 크루즈 여행으로 왔다고 하니 너무 부럽다고 했다.

크루즈 여행은 심심하고 답답하다는 고정 관념은 잘못된 것이다. 크루즈에서의 하루는 생각보다 짧다. 기항지 관광 후 배로 돌아와 식사, 공연, 선상 프로그램 등을 즐기다 보면 어느새 하루가 지나가 있다.

크루즈 여행은 멀미가 심할 것이라 걱정하는 사람도 있을 것이다. 물론 사람마다 개인차가 있지만 보통 사람들은 거의 항해를 하는 것조차 느끼지 못한다. 느낀다고 하더라도 약간의 떨림을 느끼는 정도다.

크루즈 여행은 위험하지 않을지 걱정하는 사람도 있을 것이다. 하지만 크루즈는 인공위성으로부터 각종 기상 정보를 안내받아 안전한 경로로 항해한다. 특히 국제해상인명 안전조약 등이 있어 전 세계 어디서나 안전하다.

크루즈 여행은 색다른 문화를 체험할 수 있고, 매일 새로운 도시에서 눈뜨는 하루를 맞이할 수 있는 장점이 있다. 다수의 국가와 도시를 넘나드는 여행이지만, 짐을 쌌다 풀었다 하는 번거로움 없이 한번 정리된 짐은 하선일 전까지 전혀 신경 쓸 필요가 없다.

크루즈에서는 밤늦은 시간에도 안심하고 바와 나이트클럽 이용이 가능하다. 남녀노소 다양한 승객들의 기호와 취향에 맞게 선택할 수 있는 액티비티들이 즐비하다. 추가적인 비용 없이 크루즈 안에서는 모든 것을 거의 무료로 이용할 수 있다는 점이 가장 큰 장점 중 하나다.

크루즈 여행을 안 간 사람은 있어도 한 번만 가는 사람은 없다고 한다. 바캉스에서 호캉스로, 이제는 호캉스에서 크캉스를 즐길 때다. 그만큼 매력 있는 여행이라고 할 수 있다. 크루즈 안에서는 벌써 다음 크루즈 여행을 예약하는 사람들도 상당수 있었다.

나는 앞으로의 모든 여행을 크루즈로 떠날 것이다. 많은 사람들이 크루즈 여행은 비싸다고 인식한다. 하지만 나는 이번 여행을 통해 무료로 크루즈 여행을 다니며 소득을 창출하는 방법도 터득했다. 여행은 길 위의 학교다.

작년에 영화 <탄생>을 봤다. 200년 전, 서양 근대 문물을 누구보다 앞장서서 받아들인 김대건이라는 인물의 선각자, 모험가, 순교자의 모습을 담아내는 영화였다. 주인공이 25살의 짧은 나이로 순교해야만 하는 그 시대상이 너무 아쉽고 답답했다.

현대는 인터넷이나 스마트폰, 무선전송 기술, 무인 자동차, 제트

기, 위성통신 등 빛의 속도로 이동하는 시대다. 하지만 아직도 내가 알지 못하는 것은 참이 아니라고 주장하는 바보 같은 사람들이 있다. 혼자 갇혀 지내지 말고 세상을 향해 나아가자.

여행은 무언가를 채워오는 행위이자, 반대로 많은 것을 비우는 행위이기도 하다. 엔도르핀이 분비되면서 긍정적인 에너지를 분출하도록 지금 깨어나자. 그리고 행복을 내 편으로 만들어보자. 세상은 넓고 할 일은 많다. 또한 세상은 넓고 즐길 것은 더 많다.

죽음 직전까지 행복할 인생은
따로 있는가?

　나는 홀로 다섯 자매를 키우신 어머니의 희생을 먹고 자랐다. 어머니는 시장에서 리어카 하나로 먹거리를 팔아 우리를 키우셨다. 맏딸인 나는 어린 동생들을 돌보며 살림까지 하면서 학창 시절을 보냈다. 나는 지독한 가난 속에서 커왔기 때문에, 뼛속까지 부자가 되고 싶은 마음이 사무치는 사람이다.

　나는 '어찌하면 돈을 벌어 부자가 될 수 있을까?'에 대해 늘 생각하며 살았다. 책도 읽고 견문도 넓혔다. 누군가 이것을 해서 돈을 벌었다 하면 그것을 따라서 해봤다. 저것을 해서 돈을 벌었다 하면, 또 그것을 따라 해봤다. 그러나 아무 경험도, 연구도 없이 따라 하기만 한다고 쉽사리 돈이 벌릴 리 만무했다.

　물론 간호사라는 전문 직업이 있으니, 먹고사는 데는 어려움이 없었다. 하지만 부에 대한 내 갈망은 식지 않을뿐더러 나를 가만두지 않았다. 나는 항상 어딘가에 귀와 눈을 열고 부자가 될 기회를 찾고 있었다.

어느 날, 우연히 유튜브 '권마담 TV'를 보게 되었다. 거기에서는 권마담의 저서 《나는 100만 원으로 크루즈 여행 간다》의 내용을 다루고 있었는데, 돈도 벌면서 크루즈 여행을 가는 방법을 소개하고 있었다. 멀게만 느껴졌던 크루즈 여행이 너무 매력적으로 내 곁에 와 있었다.

나는 바로 인크루즈 사이트에 들어갔다. 그러고는 여러 자료를 처음부터 끝까지 단숨에 찾아봤다. 이곳이야말로 내가 원하던 경제적 자유를 얻을 수 있는 최고의 회사라는 생각이 들었다. 그동안 내가 돈을 벌기 위해 해봤던 것들은 초기비용이 많이 든 데다 성공하지도 못했었다. 그 후 나는 절대 초기비용이 드는 일은 하지 않으리라 다짐했다.

잠자는 동안에도 돈을 벌 수 있는 방법을 찾지 못하면 죽을 때까지 일하게 될 것이다. 그래서 나는 잠자는 동안에도 돈을 벌 수 있는 방법을 찾았다. 인크루즈는 초기비용은커녕 내가 여행을 위해 적립하는 금액을 두 배로 쌓아주고도 여러 가지 보너스까지 제공하고 있었다. 나는 절대 1원 한 장 손해 볼 이유가 없는 최고의 비즈니스 회사라고 생각했다.

언제든지 내가 원할 때 돈에 구애받지 않고 일상처럼 크루즈로 세계여행을 할 수 있고, 내 인생의 후반부를 풍요롭게 보낼 수 있겠다는 확신이 들었다. 다음 날 나는 권동희 저자를 만났다. 경험자의 더 자세한 설명을 들은 후, 인크루즈의 멤버십 파트너로 등록했다.

중년들이여, 이제는 생각의 관점을 바꾸자. 세상은 빛의 속도로 변하고 있다. 언제까지 우리가 물들어온 옛 방식으로만 살려고 하는가. 여행 친구만 있으면 노년의 인생은 빛날 수 있다.

남은 인생을 요양병원에서 보낼 생각을 하는가? 그 비용이면 죽을 때까지 평생 크루즈를 타고 세계여행을 즐기며 귀족 생활을 누릴 수 있다. 아름다운 황혼을 보낼 수 있다. 우리가 생각지도 못했던 노년을 보내며 남은 인생은 생애 최고의 나날이 될 것이다. 자식들의 짐이 아니라 세계 여행지를 누비며 멋진 인생을 사는 부모가 될 것이다.

30년 동안 성공에 관해 연구해온 그랜트 카돈(Grant Cardone)은 《10배의 법칙》에서 성공과 실패를 가르는 중요한 한 가지는 '10배 더 큰 생각과 10배 더 많은 행동을 하는 것'이라고 했다. 원하는 목표보다 10배 더 큰 목표를 설정하라. 그런 다음, 목표 달성에 필요하다고 생각되는 행동보다 10배 더 많은 행동을 하라는 것이다.

10배 법칙에 보통 수준이란 없다. 다른 사람이 하는 것보다 10배 더 많은 생각과 행동을 해야 하기 때문이다. 나는 여태 성공을 갈망하면서도 10배의 법칙은 적용을 못 해본 것 같다. 아니, 그것이 진짜 성공하리라는 확신을 이번만큼 가져본 적이 없다는 게 맞을 것이다. 나는 이제 더는 물러날 데가 없다. 이것보다 더 나은 비즈니스는 없다고 확신했다.

나는 인크루즈의 파트너인 만큼, 어떤 질문이나 비전도 막힘없이 설명할 수 있는 실력과 모습을 갖추었다. 그리고 나는 크루즈 여행을 환갑 여행 프로젝트로 삼을 것이다. 옛날에는 환갑 잔치가 큰 행사였지만, 요즘은 100세 시대다. 이제 환갑은 젊은이 수준이어서 환갑 잔치라는 말이 사라진 지 오래다. 코로나 이전에는 환갑 기념으로 해외 여행을 많이들 다녀왔다.

이제 코로나로 인한 격리가 해제되고 누구나 갈망하는 여행의 자유가 도래했다. 이때 발맞춰 크루즈 환갑 여행이 서서히 성행할 것으로 보인다. 사실 나는 내 동창들에게도 환갑 기념으로 크루즈 여행을 가자고 말한 적이 있다. 모두 좋은 반응을 보였다.

이번에 딸들이 다가올 환갑 기념으로 미리 크루즈 여행을 예약해

주어 처음으로 크루즈 여행을 다녀왔다. 가보니 세계 사람들은 아주 자유롭게, 여유롭게 즐기는 여행이었다. 마치 우리가 여름 휴가철이 되면 그냥 휴가를 떠나듯이 하는 여행처럼 특별한 여행이 아니었다. 우리나라는 크루즈 여행에 대한 인식이 아직 부족한 것뿐이다. 한국 정부정책으로 해양수산부에서는 2023년부터 2027년까지 크루즈 산업 육성 기본계획을 마련했다고 발표했다.

　삶은 무언가를 열렬히 갈망하는 자의 것이다. 어떤 희생과 고난이 있더라도 확신을 하고 목표에 도달하는 삶은 가치가 있다. 기회는 모든 사람의 문을 한 번쯤 노크한다. 마음먹은 상황이나 하고 싶은 것이 있으면 우물쭈물하지 말고 진행해야 한다. 놓치면 후회한다.

　에이브러햄 링컨(Abraham Lincoln)은 대통령에 당선되기 전, 30년간의 실패와 낙선에도 "나는 준비할 것이다. 그러면 언젠가 기회가 올 것이다"라고 말했다. 그 결과, 51살에 드디어 미국의 제16대 대통령에 당선되는 기쁨을 누릴 수 있었다.

　성공을 위한 3가지 열쇠는 끈기, 끈기, 끈기라고 한다. 나 또한 지금까지는 실패했더라도, 어떤 거절이나 부정적인 반응에 실망하지 않고, 담담히 대처할 수 있다. 그동안 내가 헤쳐온 삶이 이런 것들쯤은 감당할 맷집을 만들어주고 나를 단련시켰기 때문이다. 또한 내가 읽은 성공학 책을 소화하며, 내 마인드가 든든하게 닦였기 때문이다.

인크루즈의 비즈니스는 내 가슴이 시키는 일이다. 어떤 상황에 놓이더라도 굴하지 않고 최선을 다해 나아갈 것이다. 그러면 마지막에는 반드시 성공하리라 믿는다. 나는 요즘 운전할 때마다 내 꿈이 이루어지는 상상을 한다. 그리고 그때의 인사말을 중얼거리며 준비 태세를 갖춘다. 생각만 해도 정말 행복하다.

얼마 전, 우리나라의 인크루즈 최고 직급자가 주최하는 만찬에 갔었다. 그분의 몇 년간의 뼈아픈 노력으로 일군 오늘의 열매를 보면서, 다시 한번 동기 부여받고 성공을 다짐했다. 거기서 나는 미래의 내 모습을 상상하며 인사말을 하다가 감격에 복받쳐 눈물이 글썽했다. 나는 인크루즈 안에서 평범한 흙수저가 금수저가 되는 유일한 길을 발견했기 때문이다.

가슴 뛰는 일을 하는 게 쉬운 일이 아니다. 가슴 뛰는 일을 만난다는 게 또한 쉬운 일은 아니다. 성공을 확신할 수 있는, 확실한 일을 만난다는 게 중요하고 행복한 일이다.

자기 신뢰가 성공의 제1의 비결이다. 나는 성공을 갈망하는 이들의 표본이 되어 성공의 길을 가도록 도울 것이다. 나처럼 많은 세월을 돌아오지 않고 바로 갈 수 있도록 선한 영향력을 나누며 살고 싶다. 이 땅의 평범한 삶에서 한 단계 높은 삶으로 올라서고 싶은 것이다.

나는 선교사들의 보금자리와 광야극장을 건립하고 싶다. 아트리 선교사들이 주축이 되어 복음 뮤지컬 공연을 하는 단체 '광야'가 있다. 아직 극장을 임대해 사용하고 있어 재정적인 면에서 어려움이 많다고 한다. 1년 전부터 아트리 선교사들의 보금자리와 복음뮤지컬 전용극장을 건립하기 위한 "10만 10만 모금 프로젝트"가 진행되고 있다. 나는 여기에 동참하는 것은 이 땅에 천국을 건설하는 일이라 생각한다. 그 공연을 보고 한사람이라도 돌이킨다면 정말 귀중한 사역이 아니겠는가. 나는 '광야'에서 뮤지컬로 만든 '요한계시록'을 세 번이나 관람했다. 처음 공연이 끝났을 때 뜨거운 감동이 밀려와 눈물을 멈출 수가 없었다. '앞으로 나는 어떻게 살아야 하는가?' 나 자신에게 저절로 되묻고 있었다. 나는 이런 귀한 사역을 감당하는 일에 동참했다. 그리고 복음을 뮤지컬로 전하는 귀한 일을 하는 분들에게 크루즈 여행도 함께 누리게 해주고 싶다. 이 땅에서도 풍요롭고 아름답게 천국을 누리며 살다가 천국으로 간다면 얼마나 좋겠는가.

"당신이 바라거나 믿는 바를 말할 때마다, 그것을 가장 먼저 듣는 사람은 당신이다. 그것은 당신이 가능하다고 믿는 것에 대해 당신과 다른 사람 모두를 향한 메시지다. 스스로에게 한계를 두지 마라"라고 오프라 윈프리(Oprah Gail Winfrey)는 말했다.

세계적인 성공 컨설턴트 브라이언 트레이시(Brian Tracy)의 말을 곱

씹으며, 기필코 성공 반열에 오를 것이다.

"성공을 위한 가장 중요한 기술은 누구보다 명확하고 구체적인 목표를 세우고 이를 실현할 수 있는 세부 계획을 짜는 것이다. 자신이 원하는 것을 정확히 파악해 A4용지에 또박또박 적고, 현실적인 데드라인을 설정하고, 매일 이를 실현하기 위해 땀이 나도록 뛸 필요가 있다. 그러나 가장 중요한 것은 어떠한 일이 있어도 눈 하나 깜짝하지 않는 '고집'이다. 모든 성공은 끔찍한 실패를 바탕으로 한다. 따라서 이를 견딜 수 있는 고집과 끈기가 필요하다."

죽음 직전까지 행복할 인생은 따로 있는 게 아니다. 꿈을 꾸며 그 꿈의 끝의 관점에서 시작하면 된다. 인간은 정열이 불타고 있을 때가 가장 행복하다. 정열이 식으면 급속도로 퇴보해 무력해진다. 가슴 뛰는 일을 하라. 설레는 마음을 가지고 모든 일을 하면 성공한다.

여행은 세상에서 인간이라는 존재가 차지하는 비중이 얼마나 하찮은가를 절실히 깨닫게 해준다. 완벽한 결과는 단숨에 만들어지는 것이 아니라, 중간에 계속 고치고 절충하는 과정을 통해 만들어지는 것이다. 내가 풍요롭다고 느낄 때 풍요가 나를 찾아온다. 여행을 통해 인간은 행복해진다. 죽음 직전까지 행복할 인생은 따로 있는 게 아니다.

누가 내 행복을
훔쳤을까?

서울대학교 행복연구센터 센터장이자 심리학과 교수인 최인철 교수님은 본인의 저서 《프레임》에서 "우리가 행복해질 수 있는 비결은 '프레임'을 바꾸는 겁니다. 프레임은 색안경입니다. 빨간색 셀로판지 안경을 통해 세상을 보면 세상이 온통 빨갛고, 파란색 안경을 통해 보면 온통 파랗기 마련입니다. 불행 프레임으로 세상을 바라보면 인생이 불행할 수밖에 없습니다. 반대로, 행복 프레임으로 바라보면 인생이 행복해집니다"라고 말했다.

큰딸이 대학교에 다닐 때 일이다. 갑자기 호주로 워킹홀리데이를 가고 싶다고 했다. 나는 큰일이라도 난 듯 가슴이 덜컥 내려앉았다. 젊은 여대생이 아는 사람 하나 없는 낯선 이국땅에서 고생할 것을 생각하니 허락할 수가 없었다. 또 신변의 안전은 어떻게 보장될지 막막했다. 그때 나는 안 된다는 색안경을 쓰고 있었던 것이다.

그 후 나는 권동희 작가의 《나는 워킹홀리데이로 인생의 모든 것을 배웠다》를 읽으며 나의 색안경이 얼마나 바보 같았는지를 새삼 깨달았다. 권동희 작가는 "나 같은 사람도 워킹홀리데이로 인생을 바꿨다. 인생을 바꾸기 위해 필요한 것은 돈이 아니라 용기다. 아무리 힘들더라도 꿈만은 절대 잃지 마라"고 말했다.

만약 지금 내 딸이 워킹홀리데이를 간다고 하면 등 떠밀어 보내고 싶다. 그뿐만 아니라 나도 워킹홀리데이를 가고 싶다는 생각까지 했다. 세상은 변했고, 내 색안경도 변했다. 그때 큰딸을 워킹홀리데이를 보내지 않아서, 내가 딸의 더 좋은 인생의 기회를 박탈한 것은 아니었을까 후회도 했다.

프레임을 바꾸는 것이 행복을 내 편으로 만드는 비결이다. 프레임이란 색안경이다. 어떤 사람이 진실을 말해도 우리는 색안경을 끼고 볼 때가 많다. 나의 색안경은 무엇이었을까? 왜 그런 색안경을 끼게 된 것일까? 그것은 우리의 뇌는 생존에 유리한 방식으로 진화해왔기에 본능적으로 부정편향을 갖고 있고, 또한 사람의 마음속에는 그만의 독특한 사고 패턴이 있기 때문이다.

그렇다면 어떻게 해야 행복할 수 있을까? 인생을 행복하게 만드는 프레임은 무엇일까? 우리는 오해와 편견으로 가득 찬 세상에서 나와 타인을 이해하고, 더 나은 삶을 창조하는 지혜와 겸손을 장착

해야 한다. 긍정적인 사람은 어떤 곤란한 일이 있어도 한 줄기 빛을 찾아낸다. 매사에 긍정하고 매사에 감사한다.

헤르만 헤세(Hermann Hesse)는 "행복은 '무엇'이 아니라 '어떻게'의 문제다"라고 했다.

한 환경미화원이 새벽부터 악취를 맡고, 먼지를 뒤집어쓰며 쓰레기통을 비우고 거리를 청소하며 열심히 일하고 있었다. 사회적으로 인정받는 직업도 아니고 월급이 많은 것도 아니다. 그런데도 이 환경미화원은 싱글벙글 밝은 모습으로 일하고 있었다.

이 모습을 본 젊은이가 물었다. "힘들지 않으세요? 어떻게 항상 그렇게 행복한 표정으로 일하실 수 있죠?" 그러자 환경미화원이 이렇게 대답했다. "나는 지금 지구의 한 모퉁이를 청소하고 있다네!"

세상에 비천한 직업은 없다. 단지 비천한 사람만 있을 뿐이다. 자신이 잘하는 일을 묵묵히 하는 행위는 그 일이 아무리 사회적으로 미천한 취급을 받는다고 할지라도 고귀하다. 직업이 행복을 결정하는 게 아니라, 의미가 행복을 결정한다. 같은 환경미화 일을 해도 누군가는 그 일을 '거리 청소', '돈벌이'로 바라보고, 누군가는 '지구를 깨끗하게 하는 일'로 바라본다. 어떤 사람이 더 행복할까?

최선을 다하라! 그러면 신이 그 나머지를 하리라. 멋진 인생, 성공한 인생을 살기 위한 특별한 방법은 없다. 끊임없이 배우고 느끼고 생각하고 행동하고 꿈꾸고 사는 방법밖에 없다. 아무리 내 마음이 아프더라도, 이 세상은 내 슬픔 때문에 운행이 중단되지 않는다는 것을 알아야 한다.

오늘이 나의 남은 인생 중에서 가장 젊은 날이다. 자신과의 내면의 관계를 잘 정리해야 행복하다. 자신의 값어치를 계산할 수 있는 사람은 자신뿐이다. 세상은 자신이 가진 열정의 정도만큼만 움직인다.

나는 어릴 적 번듯한 가게도 없이 시장판에서 리어카로 장사하시는 어머니가 부끄러웠다. 혹시 학교 친구들이 볼까 봐 어머니가 장사하는 시장 쪽은 잘 가지도 않았다. 지금 생각하면 왜 그랬는지 참 후회스럽다. 홀로 온몸으로 희생을 하며 우리를 키워주신 어머니가 안 계셨으면 다섯 자매는 이렇게 잘 클 수도 없었을 텐데, 그때는 참 바보 같은 철없는 생각을 했다.

나는 잘못 생각하는 것들이 내 행복을 훔쳐가고 있다는 것을 깨달았다. 습관적으로 불평하거나 투덜대지 말자. 복이 날아간다. 행복은 감사의 문으로 들어와서 불평의 문으로 나간다고 한다. 미리 하는 걱정은 백해무익이다. 걱정하는 일의 4%만 실제 일어나고, 나머지 96%는 쓸데없는 걱정이라고 하지 않던가!
제임스 앨런(James Allen)은 말했다.

"지금 당신이 서 있는 곳은 당신의 생각이 이끌어준 곳이다. 내일도 당신은 당신의 생각이 이끄는 곳에 서 있을 것이다."

내가 할 수 있는 일은 잠재의식에 씨앗을 심는 것까지다. 씨앗은 알아서 자란다. 다만 무슨 씨앗을 심을지는 내가 정할 수 있다. 제발 행복의 씨앗을 심어놓고도 부정적인 생각을 하거나 행동하지 말자. 그것은 씨앗을 심은 후에 땅을 파헤치는 것과 같다. 색안경을 벗고 우리가 행복해질 수 있는 비결은 '프레임'을 바꾸는 것이다.

작물을 기르는 농부는 잡초가 아니라 작물에만 온 신경을 쏟는다. 행복한 인생이 되고 싶은가? 그렇다면 온 신경을 나의 행복해지고자 하는 삶에 쏟아라. 매일 내가 하는 말이나 듣는 말이 행복으로 가는 길을 막고 있지는 않은지 살펴봐야 한다. 비전이란 내가 보는 것, 생각하는 것, 집중하고 있는 것을 의미한다. 내가 가치 있는 것에 관심을 기울이면, 잠재의식은 이에 응답해 빛이 비치는 방향으로 나아가게 한다.

지금 행복하지 않다면 '누가 내 행복을 훔쳤을까?' 생각해보라. 그 답은 자신만이 알고 있을 것이다. 나 자신을 어떻게 인지하느냐에 따라 다른 사람이 나를 대하는 태도도 달라진다. 행복에 관한 생각을 잠재의식으로 옮기고도 행복하지 않는 것은 불가능하다. 내가 원하는 것을 받았다는 느낌을 점점 생생하고 현실감 있게 느껴보도록 하자.

우리는 미래의 모습을 선택하고 이룰 자유가 있다. 뿌린 대로 거두는다는 말처럼 잠재의식에 새기는 내용은 외부로 표출된다. 행복한 인생을 원하는 속생각이 현실로 드러날 때, 행복한 삶을 사는 자신을 보게 될 것이다.

내 인생의
블랙박스

'잔잔한 바다에서는 좋은 뱃사공이 만들어지지 않는다'라는 영국 속담이 있다. '잔잔한 바다는 노련한 사공을 만들지 못한다'라는 아프리카 속담도 있다. 험한 파도를 견뎌본 사람만이 파도를 타고, 파도를 피할 줄 아는 특별한 기술을 가지게 된다. 우리의 인생에서도 험한 시간을 살아낸 사람은 쉽게 좌절을 모른다.

배는 항구에 있을 때 가장 안전하다. 그러나 그것이 배의 존재 이유는 아니다. 배의 사명을 감당하기 위해서는 험한 파도를 지나야 한다. 힘든 순간을 그냥 받아들이고 허용할 때 오히려 일이 잘 풀린다. 험한 파도에서 좋은 뱃사공이 되어 안전하게 목적지에 도착해야 한다.

나는 어린 시절, 삶이 힘들고 어려웠지만 꿈은 놓지 않았다. 날마다 시를 읊으며 그 여운에 매료되어 가슴은 늘 행복했다. 하늘을 향해 기도문을 올리며 지금보다 나은 미래를 꿈꾸었다. 자신을 향한 더 나은 길을 찾으려고 애썼다.

우리가 특별한 시련 속에 있다면 우리는 특별한 존재로 길들고 있는 것이다. 가장 큰 시련 뒤에 가장 큰 성공이 기다리고 있다. 성공은 마음가짐의 문제다. 성공을 원한다면 먼저 스스로를 성공한 인물로 생각하면 된다. 믿음이 미래를 창조한다.

나이가 들면서 나의 존재감을 더 찾기 시작했다. 지금 사는 그대로 말고, 지금보다 한 단계 높은 내 삶이 있으리라 확신했다. 그것을 찾는 데 심혈을 기울였다. 나는 우연히 찾아온 기회가 운명을 바꿔 놓는다는 말을 믿었다. 그리고 도전하고 실천했다.

원하는 것이 있다면 이미 이루어진 것처럼 생각하고 행동하자. 원하지 않는 것은 상상하지 말자. 원하는 것만 상상하며 걷자. 진짜 명품 인생은 내가 만드는 것이다. 원하는 것을 명확하게 하자. 꿈은 그 사람의 위대함을 보여주는 지표다. 끝의 관점에서 시작해보자.

나는 책을 쓰면 성공한다는 말을 믿고 책 쓰기를 시작했고 작가가 되었다. 책을 써보지도 않고 믿지도 않았다면 절대 불가능한 일이다. 도전하고 실천하면 길이 열린다. 급변하는 시대에 뒷짐 지고 지켜볼 시간은 없다. 올바른 정보를 올바르게 판단할 능력을 키워야 한다. 갇힌 내 생각만 고집하다가 혼자 도태되지 말고, 시대를 따라가면 앞서가는 사람이 될 수 있다. 어떤 말에도 부정적인 사람은 고칠 수가 없다. 그런 사람은 그냥 그대로 살아야 자신도 편하고 남도 편하다.

《역행자》의 작가 자청은 말했다.

"100명이 읽어도, 99명은 단 하나의 항목도 하지 않는다. 이게 뭘 의미하는지 알겠는가? 겨우 20분 걸리는 일을 시켜도 사람들은 하지 않는다. 본능과 유전자의 명령대로만 살아가기 때문이다. 그래서 실행력이 높은 사람이 인생이라는 게임에서 쉽게 경제적 자유를 얻는다. 진정한 자유를 얻는다."

"생각이 바뀌면 행동이 바뀌고, 행동이 바뀌면 습관이 바뀌고, 습관이 바뀌면 인격이 바뀌고, 인격이 바뀌면 운명까지도 바뀐다"라고 미국의 철학자이자 심리학자인 윌리엄 제임스(William James)는 말했다. 자신에 대해 긍정적인 생각을 갖는 방법은 긍정적인 행동을 하는 것이다. 긍정의 말버릇으로 불행의 사슬을 끊어버리자. 긍정에너지로 인생을 밝히고, 좋은 것만 의식하고 상상하자.

'인디언들이 기우제를 드리면 반드시 비가 온다'라는 말이 있다. 그 이유는 그들은 비가 올 때까지 기우제를 드리기 때문이라고 한다. 우리도 꿈이 있다면 포기하지 말자. 이루어질 때까지 구하고 찾고 문을 두드리면 반드시 꿈을 이룰 수 있다.

나는 경매를 독학으로 시작하면서 부동산 권리증 10개를 목표로 삼았다. 하나씩 이루어질 때마다 얼마나 희열을 느꼈는지 모른다. 남들이 알지 못하는 행복한 기쁨을 내 가슴은 만끽했다. 어린 시절부터 남의 집만 전전긍긍했던 나였다. 집문서는 남자 이름으로만 해야 하는 줄 알았던 나였다. 하지만 세상을 향해 나를 열고 생각을 바꿨을 때, 내 꿈은 현실이 되었다. 나를 변화시킬 수 있는 것은 내 의식뿐이다.

우리는 바다라는 인생에서 배이고 사공이다. 언제까지 안전한 항구에 정박해 있을 것인가. 언제까지 마음속에 일렁이는 파도를 피해 무작정 도망만 다닐 것인가. 이제 밧줄을 풀고 안전한 항구를 떠나라. 항상 잔잔한 바다는 없다. 험난한 파도가 우리에게 파도 타기를 배우게 한다.

시도조차 해보지 않고 기회를 놓치지 마라. 삶에서 가장 큰 벽은 바로 자신이다. 스스로 벽을 치고 본인의 한계를 설정하지 마라. 불필요한 것들은 과감하게 버리고, 스스로를 믿고 도전해보자. 내 안의 매력 자본을 찾아보자. 원하는 것을 이미 가졌다고 상상하자. 성공을 상상하고 그 믿음 위에 굳게 서자.

"만약 당신이 인생에서 성공을 원한다면 많은 것들과 친해져야 한다. 인내심을 당신의 소중한 친구로, 경험은 친절한 상담자로, 신중함은 당신의 형으로, 희망은 늘 곁에서 지켜주는 부모님처럼 친해져야 한다"라고 J 에디슨(J. Addison)은 말했다. 또 "결단을 내리지 못하는 자는 모든 것을 잃는다"라고도 했다.

삶의 성공 비결은 기회가 왔을 때 잡을 준비가 되어 있는 것이다. 모든 경험은 귀하고 거룩하다. 타이밍은 행동하는 사람에게 가장 먼저 찾아온다. 요즘처럼 정보가 넘쳐나는 시대에 아직도 시간과 돈을 교환하는 시스템이 정답이라고 믿고 있는가. 내가 잠자는 동안에도 나를 위해 일하는 파이프라인 하나를 구축하는 것이 월급보다 100배 낫다는 것을 기억하자.

지금은 100세 이상 장수 시대다. 요즘 나는 건강도 지키면서 젊어지고, 내가 잠자는 동안에도 나를 위해 일하는 파이프라인을 만들고 있다. 결단을 내리고 선택하면 된다. 우리에게 가장 중요한 것이 무엇인가. 남은 인생을 건강한 몸으로 행복하고 풍요롭게 사는 것이다.

굳이 자신에게 쇄국정책을 써서 고립된 인생을 살 필요가 있는가. 내가 아는 것이 전부가 아니라는 것을 알아야 한다. 나만의 세상에 갇혀 살지 말고 세상을 향해 박차고 나올 용기가 필요하다. 자신을 위해 성숙한 시야를 가져야 할 때다. 어쩔 수 없는 선택의 연속인 세상에서 지지 않을 용기를 가져야 한다.

로버트 기요사키(Robert Toru Kiyosaki)의 《부자 아빠의 21세기형 비즈니스》에 네트워크 마케팅이 미래를 보장해주는 8가지 이유가 나온다.

"부자가 되기 위한 최고의 전략은 강력하고 발전 가능성이 있으며 계속 성장하는 네트워크를 구축하는 법을 배우는 것이다. 이제 전 세계 모든 사람이 고되게 일해서 부자들의 배만 불려주는 것이 아니라 공평한 기회를 통해 풍요로운 삶을 누려야 할 때다. 이제 당신도 그 기회를 붙잡아야 한다."

또한, "내 안에는 부자가 존재하며 그 부자는 세상으로 나올 준비가 되어 있는가?"라고도 했다.

인생의 블랙박스를 돌려보며 만족하는 사람이 몇이나 될까? 그래도 늦지 않았다고 나는 생각한다. 잘못 간 길은 되돌아가서 새롭게 출발하면 된다. 삶이란 계속해서 주어지는 갈림길에서 선택을 하는 과정이다. 오르막길이 있으면 내리막길도 있다. 사고는 예방이 최선이나, 이미 일어난 사고는 원인 분석이 중요하다.

인생의 매 순간 행복한 감정을 유지하라. 지금, 이 순간에 감사하고 내가 원하는 삶에 충실하라. 상상한 것을 절대 의심하지 말고 성공할 것을 믿어라. 그러면 성공할 것이다.

나는 행복하기로
결심했다

10년 전부터 우리 부부에게 삐걱거리는 소리가 났다. 우리는 주말 부부로 떨어져 있는 시간이 많았고, 나는 간호사 3교대 근무로 규칙적인 생활이 아니었다. 그렇게 틈새가 벌어지면서 우리는 이혼을 결심하게 되었다. 가정법원에는 이혼 판결을 받으려는 사람들이 예상보다 많았다. 뉴스에 나오는 이혼율이 높다는 말을 진짜 체감할 수 있었다. 우리 부부는 그렇게 이혼 판결을 받았다.

가정법원에서는 협의이혼의사확인신청 확인서를 주었다. 아래의 작은 네모 칸에는 이렇게 적혀 있었다.

'이 확인서 등본은 교부 또는 송달받은 날부터 3개월이 지나면 효력이 상실되니, 신고의사가 있으면 쌍방이 서명 또는 날인해 작성한 이혼신고서에 첨부해 위 기간 내에 시·구·읍·면사무소 또는 재외공관에 신고해야 합니다.'

정작 서류만 제출하면 이혼이 성립되는 기간까지 둘 다 서류를 제출하지 않았다. 막상 이혼하려니 아이들이 눈에 밟혀 용기를 내지 못했다. 그리고 우리는 각자의 삶을 살았다.

10년의 세월이 흘러 이제 다시 인생을 돌아보게 되었다. 세상에 용서 못 할 일이 무엇이며, 누구의 인생이 참이었다고 고집할 수 있겠는가. 인생은 시간으로 이루어져 있다. 더 늦기 전에 나는 행복하기로 결심했다.

제프 톰슨(Geoff Thompson)은 저서 《코끼리와 나뭇가지》에서 "나는 행복해지기로 마음먹은 몇 년 전부터 하루하루가 기쁨의 연속이었다. 행복하게 살 것인지, 불행하게 살 것인지는 선택하기 나름이다. 행복하게 살기로 마음먹으면 다음 절차는 간단하다. 불행하게 만드는 것들을 없애고, 사방을 행복하게 만드는 것들로 가득 채우면 된다"라고 말했다.

나는 용기를 얻었다. 그래서 새로 집을 마련하고, 한집에서 살기로 했다. 이제 다시 신혼처럼 알콩달콩 살아보자고 남편에게 메시지도 보냈다. 그리고 함께 살기 위해 지켜야 할 규칙도 구상했다. 신혼집을 꾸미듯 가구 배치도 상상했다.

나는 아직 남편과 처음 만나 주고받은 연애편지와 그때의 일기장을 가지고 있다. 가끔 그것을 읽어보면서 그날의 기억을 떠올려본다. 이제 남은 인생은 한발 느리게, 한 수 늦게 반응하면서 더 현명한 방향으로 가려고 한다. 헤어짐이 있기에 만남이 애틋하고 소중하듯, 부부로 한번 맺은 인연, 이미 검은 머리가 파뿌리가 되었어도, 이제 다시 사랑하며 행복하게 살고 싶은 소망을 품어본다.

결혼 후 알고 보니 남편은 담배는 하루에 한 갑 반 정도, 술은 한 번 마시면 소주 1~2병이 기본인 사람이었다. 본인은 술, 담배를 많이 하니 예순까지만 살고 죽을 거라고 늘 말했다. 아이들이 담배 냄새를 싫어해도, 방 안에서 담배를 피워댔다.

그런데 어느 날부터, 갑자기 남편이 담배를 피우지 않았다. 갑자기 담배를 끊은 아빠를 보며 아이들은 아빠가 무슨 큰 병에 걸린 것은 아니냐고 의심했다. 이렇게 단숨에 끊을 수 있는 담배를 왜 몇십 년간 피워댔을까? 이제는 술 마시는 횟수와 양도 많이 줄었다.

남편은 양쪽 무릎 인공관절 수술도 받았다. 걸을 때마다 다리의 통증이 심하고 많이 불편해했다. 병원에서는 수술받기에 이른 나이라고 했지만, 기어코 수술을 받았다. 지금은 보행에 지장이 없다.

남편은 이제 몇 살까지만 살고 죽는다는 그런 말은 입 밖에 내지도 않는다. 살아 보니 예순은 너무 짧은가 보다. 그러니 귀중한 인생을 더 의미 있게, 더 행복하게 살아야 하지 않겠는가.

행복한 부부가 불행한 부부와 크게 다른 점은 부부싸움을 하는 중에 아니면, 하고 난 후에 곧바로 보수 작업을 한다는 점이다. 상황이 더 악화되지 않도록 브레이크를 밟는 것이라고 한다. 행복하기로 결심했다면, 보수 작업은 필수 과정이다.

월호 스님의 《언젠가 이 세상에 없을 당신을 사랑합니다》에 나오는 말이다.

"어디론가 영원히 먼 길을 떠난다고 생각해보십시오. 오직 한 사람만 동행할 수 있다면, 그 길을 누구와 함께 떠날 것인가요? 이렇게 소중한 사람에게 나는 정말 소중한 만큼 잘 대해주고 있는가요? 그만큼 나의 시간과 정성과 노력을 기울이고 있는가요? 바쁘다는 핑계로 차일피일 미루고 있는 것은 없는지요? 멀리 있는 인연에게 한눈팔려 정작 가장 가까운 인연을 간과하고 있는 것은 아닌지요?"

우리의 인생은 사랑하며 살기에도 짧다. 그런데도 서로를 탓하며 환경을 탓하며 정작 자신은 잃어버린 채, 불행한 삶을 자처하고 있다. 이제 그럴 필요가 무엇인가. 오늘이 마지막인 것처럼, 지금 이 시간을 귀하게 여기며 살아가자. 이런 날들이 쌓여 행복한 인생이 만들어지는 것이다.

울고 싶을 때는 아무 생각하지 말고 마음 내키는 대로 울어보자. 슬프거나 감동받았을 때도, 남들 눈치 보지 말고 눈물을 흘리며 자신의 감정을 표현해보자. 그러면 속이 후련해질 것이다. 자신의 감정을 속이지 말자. 우리는 모두 우주에 딱 1명만 존재하는 소중한 존재다. 서로를 응원해주고 믿어주는 것만큼 큰 사랑은 없다. 나는 다시 남편에게 사랑받는 아내가 되고 싶다. 그리고 남편을 사랑하는 아내가 되고 싶다.

나는 행복하기로 결심했다. 인생에 정답은 없다. 남이 맞춰놓은 인생이 아닌 내가 세운 기준으로 살고 싶다. 내 인생의 정답은 나만 알고 있다. 누구나 평범함을 넘어 특별한 삶을 살 권리가 있다. 나는 가장 나답게 뜨거운 하루를 보내고 싶다. 나는 가슴이 시키는 삶을 살면서, 한 번 사는 인생 후회 없이 살기로 했다. 내가 행복하면 주변이 행복해진다. 행복은 생각보다 더 가까이에 있다는 것을 알았다.

만약 당신이 행복하다면 그것은 당신이 행복한 생각을 하면서 시간을 보내기 때문이다. 반면 우울하다면 슬픈 생각을 하는 시간이 많다는 것이다. 행복은 스스로 만들어가는 것이다.

우리는 살아가면서 얼굴도 모르는 사람하고는 원수가 되는 일이 별로 없다. 사랑하기 때문에 철천지원수가 되고, 기대하고 의지하는 마음 때문에 사랑을 원수로 만드는 것이다. 누군가에게 의지한다는 것은 상대의 태도에 따라 내 삶이 흔들리게 된다는 뜻이다. 사랑이라는 이름으로 서로 구속하고 의존하는 마음에서 벗어나 '내 인생의 주인은 나'라는 마음으로 살아야 한다.

만났을 때 특별히 재미도 없고, 딱히 좋아하지도 않는 사람을 만나 시간을 낭비할 필요가 있을까. 내가 좋아하는 사람, 내게 기쁨을 주는 사람, 내게 꼭 필요한 사람만 만나기에도 시간이 부족하다. 우리 삶은 어떤 것이 좋다, 나쁘다 딱 잘라 말할 수는 없다. 선택과 그것에 따른 책임이 있을 뿐이다. 행복의 비결은 포기해야 할 것을 포기하는 것이다.

삶은 내가 의도하는 대로 살 수 있을 때, 비로소 내 것이 된다. 행복을 생각하라. 그러면 행복하게 된다. 행복하게 살겠다는 자기 암시를 걸어야 한다. 행복하게 살겠다는 간절한 소망은 행복의 출발점이다. 행복은 설명이 필요하지 않다. 어떤 순간이라도 우리는 행복을 선택할 수 있다. 그것이 행복의 비결이다. 어떤 삶을 살고 있더라도 우리는 행복해질 권리가 있다. 누구나 평범함을 넘어 나만의 특별한 삶을 살 권리가 있다.

행복은 내게
사랑하는 법을 가르쳐주었다

오늘은 내 일생의 첫 크루즈 여행의 마지막 밤이다. 크루즈 여행이 너무 좋아 감격스럽기까지 하다. 그래서 잠자리에 누웠다가 다시 일어나 글을 써본다. 세상은 넓고 할 일은 많다. 세상은 넓고 누릴 것은 더 많다. 나는 크루즈 여행을 하면서 너무너무 행복했다.

초등학교 6학년 때 수학 여행비 몇천 원이 없어서 낭패를 당했던 나였다. 그 비참함은 겪어보지 않은 사람은 절대 알 수가 없다. 나에게 삶의 비참함에서 탈출할 방도를 누군가 가르쳐주었다면 시간을 낭비하지 않고 더 똑똑한 인생을 살았을 것이다.

나는 이제 크루즈 여행을 다니며 행복한 인생을 사는 주인공이 되었다. 사람들은 누구나 행복한 삶을 원한다. 그러나 세상은 그렇게 호락호락하지 않다. 자신의 인생을 행복하게 그리며 주도적인 삶을 사는 자만이 누릴 수가 있다.

나는 행복한 삶을 간절히 원하는 사람들의 멘토가 되고 싶다. 조금이라도 더 도움을 주어 인생의 주인공이 되도록 이끌어가고 싶다. 방법을 모르면 아무리 몸부림을 친들 출구가 보이지 않는다. 나는 시간만 질질 끄는 답답한 인생에서 벗어나게 해주고 싶다.

여기에 온 사람들은 크루즈 여행을 일상으로 여기지만, 경험해보지 못한 사람들은 이런 세상이 있다는 것조차 알지 못한다. 크루즈 여행을 선망은 하지만 막상 떠나볼 엄두조차 못 낸다. 뱃멀미가 심해서, 시간이 없어서, 돈이 없어서 등, 자기 합리화를 하면서 부정적인 말만 한다. 그렇다. 그런 사람들은 본인이 알지 못하는 세계는 없는 세계라고 여긴다.

그래서 '우물 안 개구리'라는 말도 있는 게 아닌가. 우물 안 개구리를 가만히 들여다보라. 우물 밖의 세상을 알 리 만무하다. 우물 안에서 다람쥐가 쳇바퀴 도는 인생을 살면서 일생을 마감할 수도 있다. 그것이 안전하고 평안한 삶일 수도 있다.

하지만 누군가 우물 안 개구리를 우물 밖으로 꺼내준다면, 새로운 세상을 보게 될 것이다. 나는 누군가가 꺼내주기 전에 밖으로 나오길 시도하는 사람이 되고자 한다. 그래서 일생이 다하도록 더 넓은 세상을 알아가고 싶다.

　내가 크루즈 여행을 간 것은 억지 시도였다고 해도 과언이 아니다. 어느 날, 갑자기 크루즈 여행을 가겠다는 내 말에 아이들은 놀랐다. 주위에 아무도 크루즈 여행을 다녀온 사람이 없기 때문이다. 나는 우물 밖으로 나오길 시도하다가 껑충 튀어 올라 우물 밖으로 떨어진 것이다. 모든 여건이 갖춰져 저절로 갈 수 있길 기다리는가. 하지만 세월은 기다려주지 않는다.

　시도하면 된다. 시도할 엄두를 내면 된다. 시도할 엄두를 내면, 내 주위의 모든 환경이 맞춰지게 된다. 사고 싶은 차가 있는 경우, 도로를 다니면 내가 사고 싶은 차만 보인다. 갖고 싶은 것이 있는 경우, 어디에 있든지 내가 갖고 싶은 것은 내 눈에 먼저 띄게 된다.

　세상은 넓고 누릴 것은 더 많다. 내 생각대로 살지 않으면 다른 사람의 생각대로 살게 된다. 나를 찾는 그날부터 삶은 고통에서 기쁨으로, 좌절에서 열정으로, 복잡함에서 단순함으로, 불안에서 평안으로 바뀐다. '내 인생은 나의 것. 시대는 언제나 가고 가는 것. 모든 것은 달라졌어요. 내 인생은 나의 것, 나는 모든 것 책임질 수 있어요.' 가수 민혜경의 <내 인생은 나의 것>이라는 노래의 가사다.

　남편을 처음 만났을 때, 남편은 군 복무를 막 마친 대학교 편입생이었다. 그는 독서실 총무를 하며 돈을 벌어가면서 야간대학에 다니고 있었다. 그의 학창 시절 이야기를 들었다. 그는 중·고등학교 때 노는 친구들을 사귀어서 공부는 뒷전이었다고 했다. 뒤늦게 철이 들었으나 무리에서 발을 뺄 수가 없어 잠적 생활도 했다고 했다. 실력이 안 되니 전문대에 갔지만, 군복무를 마친 후 다시 공부에 매진 중이었다.

학점을 보니 최상급이었다. '이런 실력이라면 제대로 공부해서 더 좋은 길로 나아갔을 텐데' 하는 아쉬움이 들었다. 이게 바로 한 단계 더 높은 곳으로 이끌어줄 제대로 된 멘토를 만나지 못했기 때문이라고 나는 생각한다.

무엇을 하든지 제대로 된 멘토를 만난다면, 시간을 절약할 수 있고 효과는 더 상승할 수 있을 것이다. 세월을 낭비하지 말고, 흐르는 시간 속에서 최대의 결과를 내는 것이 멋진 인생이라고 말하고 싶다.

무엇이든지 원하는 것을 배우자. 세월 낭비 말고 최고의 멘토를 찾아 제대로 된 길을 가자. 10년 걸릴 것을 1년에 끝낼 수 있다면, 최상이 아니겠는가. 50층 계단을 언제 다 오르겠다고 혼자서 기를 쓰고 계단으로 올라가는가. 엘리베이터를 타고 바로 초고속으로 올라가자.

꿈은 쓰라고 있는 게 아니다. 이루라고 있는 것이다. 그것을 이룰 수 있게 이끌어줄 멘토를 찾는다면 꿈은 이루어진다는 사실을 기억하라. 내 주위의 5명의 평균이 나다. 나의 평균을 높이고 이끌어줄 수 있는 사람을 찾아라. 그러면 나도 다른 사람의 평균치를 높이는 사람이 된다.

나의 상상을 눈으로 보게 해주는 사람이 있는가. 나의 상상을 상상에만 머무르게 말고 현실로 되게 해줄 사람을 찾아야 한다. 그러면 또 다른 우주가 열리고, 또 하나의 세계가 열린다.

부자가 되려면 돈 벌어 성공한 멘토를 찾으면 된다. 건강해지고 싶다면 실제 건강을 되찾은 건강 멘토를 찾으면 된다. 세계 일주를 원한다면 세계 일주를 경험한 노하우가 있는 여행 멘토를 찾으면 된다. 성공하는 사람들도 매일 좌절한다. 다만 매일 좌절을 딛고 행동에 나서기에 성공한다.

이제 관점을 바꾸자. 나를 끌어 올려줄 수 있는 사람을 내 옆에 두는 거다. 꿈은 쓰라고 있는 게 아니다. 원하는 것을 이루어보면서 내가 아직 죽지 않았다는 것을, 내가 살아 있다는 것을 느껴봐야 한다.

누구나 원하는 가장 이상적인 인생 타입이 있다. 그것은 바로 돈도 있고, 시간도 있는 것이다. 이 2가지가 충족되면 건강, 미, 행복,

친구, 기부, 봉사 활동을 하며 인생의 행복에 젖을 수 있다. 행복은 내게 사랑하는 법을 가르쳐주었다.

이것이 막연하고 나의 일 같지 않은가? 꿈꾸는 삶은 꿈으로만 머물러야 하는가? 꿈을 현실로 만들고 싶다면 지금 자신이 어떻게 해야 하는지를 생각하라. 지금까지의 자기 삶을 실패로 볼 것인지, 과정으로 볼 것인지 결정하라. 나를 방해하는 것들이 내 인생을 바꿔주지는 않는다. 꿈은 이루라고 있는 것이다.

알리바바 그룹의 창업자 마윈(馬雲) 회장은 "성공하는 사람들은 믿기 때문에 보인다. 일반 사람들은 보이기 때문에 믿는다. 실패하는 사람들은 보고도 믿지 않는다"라고 말한다.

행복
한 스푼

당신은 한 해의 마지막 날을 어디에서 보내고 싶은가? 나는 2022년 12월 31일 오산리 기도원에서 1박 2일을 보냈다. 거기서 송구영신 예배를 드리며 한 해를 조용히 마무리하고, 경건한 새해를 맞이했다.

작년 가을, 일산에 잠시 머물렀을 때다. 경북에 사는 나는 오산리 기도원을 오래전부터 사모하고 있었지만, 쉽게 올 수는 없었다. 그런데 일산에서는 오산리 기도원이 20분 내외였다. 이렇게 가까이에 내가 가고 싶었던 기도원이 있다니. 나는 시간만 나면 차를 몰고 그곳으로 달려갔다. 마치 두 손 모아 공을 감싸듯 한 형상의 대성전 안이 무엇보다 좋았다. 거기에 있으면 그 손 안에서 내가 온전히 보호받고 있는 느낌이 들었기 때문이다.

내가 여기에 처음 와본 것은 20년 전인 것 같다. 나는 조용기 목사님의 책을 여러 권 읽으며, 믿음의 성지인 오산리 기도원을 가보고 싶었다. 마침 서울 강남 쪽에 교육이 있어서 왔다가 서울에 올라온 김에 오산리 기도원을 혼자 가보게 되었다.

서울 지리를 잘 모르던 나는 지하철을 타고, 여의도에서 기도원 간 운행하는 셔틀버스를 다시 타고 기도원에 갈 수 있었다. 내가 사모했던 곳에 왔다는 것만으로도 나는 매우 행복했다. 그곳에서 은혜를 사모해 모인 많은 사람들과 함께 예배를 드렸고, 성전 의자에 누워 1박을 하고 집으로 내려왔다. 그곳에 다녀온 소중한 기쁨이 오랫동안 나를 행복하게 만들었다.

경기도 파주시에 소재한 오산리 기도원은 초교파 기도의 동산으로, 1973년에 설립되었다. 세계인이 모이는 은혜와 기적의 이 동산은 금식하며 기도하고자 하는 사람들에게 항상 열려 있다. 이곳은 365일 예배와 찬양이 이어지고, 매일 4번 정기 예배를 드린다. 그래서 언제 올라가도 예배를 드리고 올 수 있다.

코로나로 인해 교회와 기도원의 모임이 막히면서 그동안 예배를 못 드리는 시간이 많았다. 그래서 나는 하루 네 번 예배를 드릴 수 있는 이곳이 좋았다. '그동안 못 드린 예배를 이곳에서 더 올려드리자' 하는 마음도 들었다.

20년 전, 오산리 기도원을 처음 갔을 때는 시골 골짜기 길을 버스가 지나갔었는데, 세월이 지난 지금은 큰 차도가 생겨서 교통이 편리해졌다.

작년, 대성전 건축 40여 년 만에 첫 내부공사를 했는데 '노아의 방주'를 본뜬 형상으로 인테리어 작업이 이뤄졌다고 한다. 노아의 방주여서 그런지 어머니 품속 같다는 느낌이 들었다. 굳이 울며불며 기도하지 않아도 거기에 그냥 앉아 있으면 하나님께서 잔잔히 나를 바라보고 계신 것만 같았다.

예쁜 강대상과 꽃으로 장식된 무대는 너무 아름다웠다. 그 무대에 서서 찬양을 드리는 찬양 사역자들이 부러워지면서 나도 저 무대에서 몸 찬양을 해보고 싶다는 꿈이 생겼다. 책을 쓰면 강연 요청이 들어온다고 한다. 오산리 기도원에서 내게 강연 요청이 들어온다면, 몸 찬양으로 먼저 주님께 영광을 올려드리고 나의 신앙 간증을 할 것이다. 나는 오산리 기도원에서 나를 향한 하늘의 비전을 봤다. 나는 없어질 것을 위해 일하지 않고 영원한 것을 위해 일할 것이다.

봄이면 벚꽃 동산, 여름에는 하늘 높이 뻗은 메타세쿼이아 나무 길, 겨울에는 사철나무와 설경으로 옷을 갈아입으며 모든 계절 빼어난 경관을 자랑한다. 입구에 '승리로'라고 새겨진 바위 뒤로 쭉 뻗은 메타세쿼이아 길은 정말 장관이었다. 굳이 유명 관광지를 갈 필요가 없을 정도다. 나는 그 승리로 위를 거닐며 좋은 공기도 마시고, 기도도 읊조리며, 내 꿈도 중얼거려봤다. 좌절의 쓴뿌리가 당신을 끌어내리는가. 이곳 승리로에서 다시 일어설 용기를 장착해보라.

기도원을 찾는 성도들의 편의를 위해 여의도와 기도원 간 365일 시간별 셔틀버스를 운행하고 있다. 기도원 버스를 타려면 정발산역 3번 출구로 나와서 고양아람누리 시티투어버스 정류장에서 기다리면 된다. 20년 전에도 나는 여기에서 기도원 가는 버스를 탔다.

설립 이후 많은 성도가 찾아와 철야로 금식하며 기도해 성령은사로 방언, 신유의 은혜를 체험했고, 기도원을 찾는 성도 수는 날로 증가해 성전과 부속시설이 신축, 증가되었다.

1978년에 5,000명의 성도를 수용할 수 있는 성전과 숙소가 마련되었고 1982년 9월, 1만 명 수용의 대성전과 5,000명의 성도가 예배 및 숙소로 사용할 수 있는 2개 동의 부속성전이 완공되었으며, 현재는 부속성전이 11개의 동으로 확장되어 총 2만 명의 성도가 동시에 예배를 드릴 수 있게 되었다. 실로 어마한 기도의 성지다.

현대식 숙소인 사랑의 집과 개인 기도를 위한 기도굴, 후생관 등 부대시설이 완벽하게 갖춰져 있다. 엠마오관은 식당과 매점이 있는데 겉으로는 크지 않아 보이지만, 원형 모양의 건물로 전체가 식당이다. 로뎀나무 카페 앞에는 찬양 사역자들의 공연도 자주 열린다.

나는 이곳에서 1박 2일을 보내며 새해를 맞았다. 시끄러운 세상과 잠시 이별하고 하늘과 가까운 이곳에서 송구영신 예배와 새해 첫 예배를 드렸다. 그리고 이제부터 연말에는 여기서 지내보자고 생각했다. 세상일에 지치거나 변화를 주고 싶을 때 여기가 적격일 것 같았다. 잠시 모든 것을 내려놓고 싶을 때, 내가 찾을 수 있는 곳이 여기일 것이다.

'나는 날마다 오산리 기도원 간다', '오산리 기도원에서의 하루'라는 책 제목도 생각해봤다. 그리고 오산리 기도원을 체험하고 싶은 이들의 길잡이가 되어보자는 생각도 했다.

기도원의 방문 목적은 다 각각이겠지만, 기도원 한 달살이, 기도원 일주일 살기도 좋을 것 같았다. 세상사 잊어버리고 마음껏 예배만 드리며 믿음의 새로운 체험을 해볼 수 있는 곳이 여기다. 인생의 해결할 수 없는 문제들을 가지고 올라와 전능자의 품에 안겨 해결하고 내려오는 기쁨을 아는가.

《성경》'이사야서' 58장 6절에 "내가 기뻐하는 금식은 흉악의 결박을 풀어주며 멍에의 줄을 끌러주며 압제당하는 자를 자유하게 하며 모든 멍에를 꺾는 것이 아니겠느냐"라고 한다.

나는 고난주간에 삼일 금식을 해본 적이 있다. 직장 생활을 하며 삼일 금식을 한다는 것은 참으로 어려운 일이었지만, 나는 그때 뜻을 가지고 나아가면 흉악의 결박이 풀린다는 놀라운 경험을 했다.

어린 시절, 아버지의 존재를 모르던 내가 친구 따라 교회에 갔다가 하나님 아버지를 찾으며 살아왔던 세월이다. 언제 어디서나 그 믿음 하나로 버텨왔다. 오산리 기도원은 그래서 더욱 내 마음속의 고향이다.

시댁에서 두 아이를 키우며, 시골 생활을 즐기고 있을 때, 맏이와 10살 터울 진 막내를 임신했다. 나는 클래식 음악 듣는 것도 좋아했지만, 이번 태교는 《성경》 일독을 해보자고 마음먹었다. 여태 성경 일독을 못 해보았기에 태교 겸, 성경도 읽자는 생각에서였다. 세계인이 가장 많이 읽은 베스트셀러인 《성경》은 두께만 보아도 질린다. 그렇지만 하루, 이틀 뜻도 의미도 이해도 뒤로하고 전진하며 읽었다. 페이지를 넘기는 재미로 읽어나가다 보니 어느덧 일독에 가까워졌고, 해산 날도 가까워졌다.

뜻도 잘 모르고 읽었지만, 마지막 장을 읽고 나니 뭔가 알 수 없는 감동이 거대한 물결이 되어 밀려왔다. 그리고 하나님이 살아계신다는 것을 느낄 수 있었다. 《성경》 일독을 해보지 않은 사람은 결코 느낄 수 없는, 말로는 설명이 안 되는 그 어떤 감동이 지금까지 나를 설레고 행복하게 한다.

태교는 역시 《성경》 일독이 최고라는 생각이 들 정도로 막내는 잘 성장했다. 나는 누가 "태교에는 무엇이 좋을까요?" 하고 묻는다면 주저하지 않고 《성경》 일독이라고 말한다. 그래서 나는 후배가 임신했을 때, 성경 일독 태교를 권하면서 《성경》 책을 사준 적도 있었다.

호기심을 만족시키는 것은 행복한 삶을 이루는 가장 멋진 원천이다. 삶이 고단하고 지칠 때, 우울하고 슬픔이 가득할 때, 당신에게 필요한 행복 한 스푼은 무엇인가? 또한 당신이 전해줄 행복 한 스푼은 무엇인가?

행복하지 않으면
인생이 아니다

　살아가다 보면 우리는 누군가의 위로가 필요한 때가 있고, 그 위로를 받기 위해 별별 노력을 다하기도 한다. 나는 크리스천에게 최고의 힘과 능력은 기도라고 생각한다. 기도함으로 위로와 평안을 얻고 안식을 얻기 때문이다. 이것이 우리가 기도자로 살아가야 할 이유다.

　우리가 기도하지 않는다면 기도의 힘과 능력을 경험해보지 못했거나 아직 하나님을 만난 적이 없기 때문일 것이다. 기도하고 구했다면 믿으면 된다. 기도하면 반드시 이루어질 것이다. 《성경》 '마가복음' 11장 24절에는 "그러므로 내가 너희에게 말하노니 무엇이든지 기도하고 구하는 것은 받은 줄로 믿으라. 그리하면 너희에게 그대로 되리라"라고 말하고 있다.

환란이 연속해서 밀려오면 우리는 인간보다 능력이 뛰어나다고 생각하는 어떠한 절대적 존재에게 저절로 기도하게 된다. 내가 나를 위해 기도하는 것도 좋고 위로가 되지만, 누군가 날 위해 기도하고 있다는 사실을 알면 더 큰 위로와 힘을 얻게 된다.

'당신이 지쳐서 기도할 수 없고 눈물이 빗물처럼 흘러내릴 때, 네가 홀로 외로워서 마음이 무너질 때 누군가 널 위해 기도하네'의 찬양 가사에는 누군가 날 위해 기도하고 있다고 한다. 얼마나 큰 위로가 되는가. 세상이 다 무너져도 우리는 누군가 날 위해 기도하고 있다는 사실을 잊지 말고 용기를 갖고 다시 일어서야 한다.

하루하루가 두렵고 떨릴 수밖에 없는 것은 날마다 미지의 세계를 향해 나아가기 때문이다. 세상에는 질서가 있고 모든 일에는 순서가 정해져 있지만, 우리가 돌아가는 날은 아무도 모르며 순서도 없다. 남 탓하는 사람들이 가득한 세상에 살다 보니 내 탓이라고 고백하는 사람이 그리운 시대다.

'중보기도'라고 들어봤는가. 이 세상에 살면서 자신만을 위해 기도하는 것이 아니라 타인을 위해 기도하는 내가 되어보자. 환란 중에 있는 사람들을 따뜻하게 위로해줄 수 있는 사람이 되어보자. 함께 행복해지는 세상은 이런 중보기도가 만들어간다. 기도하라. 헤아릴 수 없이 많은 힘이 거기에 있다.

행복하지 않으면 인생이 아니다. 한순간도 절망의 유혹에 빠지지 마라. 한순간도 불행의 씨앗을 뿌리지 마라. 우리는 축복받기 위해 태어난 소중한 존재다. 내 인생은 소중하고 고귀하다.

날마다 밥상 위에 행복 한 그릇을 올려보자. 내 밥상에 내 행복을 올리는 것은 내가 할 일이다. 스스로를 대접하자. 소중한 자신을 대접하자. 한순간도 행복이 아닌 것에 빼앗기지 말자. 우리의 운명이 무엇이든, 우리는 모두 소중하다.

하루하루를 살아가는 것이 기적이다. 교통사고와 기타 안전사고 등으로 하루에도 수많은 사람들이 생명을 잃고 장애인이 되기도 한다. 그뿐만 아니라 듣도 보도 못했던 희귀병이 발생해서 우리를 위협하기도 한다. 가난과 질병, 불안과 위험, 염려와 근심 등 우리가 해결할 수 없는 많은 짐 때문에 참으로 힘들다.

우리의 인생길은 한번 잘못 가면 좀처럼 되돌리기 어렵다. 그래서 사람들이 도박이나 술과 담배를 잘 끊지 못한다. 마약에 손을 대면 빠져나오기가 쉽지 않다. 한번 인생에 실패하면 재기하기가 참으로 힘들다. 그러나 한번 실패한 것이, 앞으로의 모든 일에 실패할 거라는 것을 의미하지는 않는다. 그럴 때일수록 긍정적인 태도를 선택하고 감사하는 태도를 갖는 것이 '인생을 어떻게 살아갈 것인가'를 결정한다. 단점을 고치고 실수한 일을 책임지는 것은 행복의 지름길로

가는 것이다.

　마라톤 선수들은 42.195km를 끝까지 달려 골인해야 완주자가 된다. 중간에 아무리 잘 뛰어 선두로 달렸다고 해도 끝까지 못 달린다면 상을 받을 수 없다. 극복할 수 없는 난관은 없다. 단지 강인한 의지와 나약한 의지가 있을 뿐이다.

　인생이란, 결국 모두 내 탓이라고 해야 풀린다. 사람은 누구나 완벽하지 않으니, 사소한 약점 하나로 그 사람 전체를 파악하려고 하지는 말아야 한다. 하루 한 번 자신이 받은 모든 은혜에 감사하자. 그러면 은혜가 끊이지 않을 것이다. 자신을 믿어주고 격려하는 삶을 살면서 감사와 긍정의 말만 하자. 모든 것은 마음먹기에 달렸다.

　나는 예순이 다되도록 흰 머리카락이 없다. 남들은 한 달마다 새로 올라오는 흰 머리카락을 감추느라 뿌리염색을 해야하니 번거롭다고 한다. 나는 아직까지 흰 머리카락이 없어 너무 편하고 좋다. 외모도 매력 자본이다. 이 작은 것 하나가 내 인생을 얼마나 행복하게 하는지 모른다.

　진심으로 사랑하는 사람은 절대 늙지 않는다. 인생 최대의 지혜는 친절이다. 낯선 사람에게 친절히 하자. 그는 변장한 천사일지도 모른다. 항상 밝게 웃으며 행복을 조성하자. 스스로 명품인생을 만들어가자.

"만남이 시작이고, 계속 함께하는 것이 발전이고, 함께 일하는 것이 성공이다"라고 헨리 포드(Henry Ford)는 말했다. 그렇다. 무엇이든지 시작을 만들고, 기회 앞에 머뭇거리지 말고 소중한 시간을 아끼자. 완벽주의자가 되지 말고 경험주의자가 되자. 자신만의 화려한 인생을 가꿔가자.

인간을 노예로 만드는 것은 생명과 재물과 권력이 아니다. 생명과 재물과 권력에 대한 집착이 인간을 노예로 만든다. 스스로에게 질문을 던지는 것은 자신에 대한 통제력을 갖추고, 주도적인 삶을 살게 하는 중요한 방법이 된다. 성공의 비결은 '남에게 대접받고자 하는 대로 남을 대접하라'는 황금비율에 있다.

사랑에는 나이가 없다. 사랑은 언제나 자신을 새롭게 만든다. 뜨거운 것들은 세상의 모든 차가운 것을 녹인다. 그런 뜨거운 마음으로 살자. 듣는 것이 의사소통의 기본이다. 말하는 능력으로 인생에서 성공하는 것이 아니라, 듣는 능력으로 성공하게 된다. 남의 장점을 볼 수 있고 칭찬할 수 있는 능력이 최고다.

지혜는 들음에서 생기고, 후회는 말함에서 생긴다. 칼 상처는 나아도, 말 상처는 안 낫는다고 한다. 덜 말해야 더 듣는다. 말을 잘하는 사람보다 끼어들 틈을 주는 사람, 공감 능력이 좋은 사람이 되자. 잘 정돈된 눈빛과 어지간한 일은 간단히 웃어넘길 수 있는 자신감을 갖고 살자. 사람들은 평온한 사람에게 끌린다.

살면서 내 힘으로는 감당이 안 되는 한계에 부딪힐 때가 있다. 이럴 때 그 사람의 의지나 마음가짐에 따라 엄청난 결과가 나타날 수 있다. 자신감을 잃었다면 일단 걸어라. 고민이 꼬리에 꼬리를 물면 일단 걸어라. 인간관계로 얽히는 날, 일단 걸어라. 마음이 울적하면, 일단 걸어라. 누구에게나 불안, 열등감 콤플렉스, 죄의식은 존재한다. 때로 푹 쉬어보라. 한 해 놀린 밭에서 더 많은 풍성한 수확을 얻게 된다.

'누구나'가 아니라 '나'만이 할 수 있는 것을 찾아라. 잘하는 사람을 무작정 따라 하는 것도 탁월한 전략이다. 창조를 위해 모방하는 법도 익혀라. 인생의 고수는 자신만의 무기가 있다. 최고의 타이밍을 위해 인내, 또 인내하라.

인생의 삼대 악재는 초년 출세, 중년 상처, 노년 무전이라고 한다. 즉, 늙어서 돈 없는 것이다. 늙어 의지할 데 없고 돈까지 없어 무시당하고 버려진다면 얼마나 비참한 인생인가. 인생은 예순부터다. 늦지 않았다. 예순이 다 되도록 인생의 멋진 기회가 내게 오지 않았다고 낙심하지 말자. 《성경》 '마태복음' 7장 7절에는 "구하라 그리하면 너희에게 주실 것이요 찾으라 그리하면 찾아낼 것이요 문을 두드리라 그리하면 너희에게 열릴 것이니"라고 말하고 있다.

돈이 없어서 죽는 것이 아니라, 돈을 벌려고 하는 생명의 활기가 사라지면 죽는다. 꾸준한 호기심으로 뇌를 설레게 만들어라. 누구나 인생 제2막이 있다. 우리의 일상에는 언제나 행복한 반전이 숨어 있다. 행복하지 않으면 인생이 아니다.

- 3장 -

당신은 행복해질 자격이
충분한 사람이다

행복한 사람보다
더 나은 사람은 없다

　나는 흔히 말하는 기계치다. 모든 전자 제품은 쓰는 방법만 간단히 배우고, 제품 설명서를 잘 읽어보지 않는다. 나는 제품 설명서를 읽으면 머리가 복잡해진다. 작게 쓰인 글자 자체가 싫다. 나는 단순한 것이 좋다. 그래서 간단히 배운 대로만 쓰기 때문인지 전자제품이 거의 고장 나지 않는다.

　휴대폰도 그렇다. 구입할 때 배운 기능만 딱 사용했다. 더 좋은 기능과 혜택을 잘 알지도 못하고 살아왔다. 요즘은 유튜브가 대세다. 굉장히 많은 정보가 유튜브 세상에 존재한다. 우리가 원하지 않아도, 유튜브 인공지능이 알아서 대령시켜준다. 유튜브를 볼 수밖에 없도록 유혹한다. 이제는 남녀노소 누구나 유튜브를 보는 게 일상이 되었다.

나는 책 소개 유튜브를 좋아한다. 책 소개 채널에서는 직접 책을 사서 읽지 않아도 중요 내용을 알게 해준다. 책의 좋은 내용을 뽑아 엑기스로 만들어준다. 물론 종이책을 직접 사서 읽는 것과는 차이가 있을 것이다. 그러나 간단하게 책 한 권을 훑고 싶다면 책 채널 유튜브는 유용하고 좋다.

나는 유튜브를 보면서 어떻게 유튜브를 할 수 있는지 궁금해졌다. 또 유튜브를 하면 돈을 벌 수도 있다고 해서 솔깃했다. 나는 유튜브를 배우고 싶어 학원에 문의한 적이 있다. 학원에서는 나이가 몇이냐, 시간은 언제 낼 수 있냐, 컴퓨터는 할 줄 아느냐 등 수강 과정과 비용은 자세히 알려주지도 않고 이것저것 묻기만 했다.

유튜브에 대한 호기심은 있었지만, 직접 해볼 용기는 내지 못했다. 유튜브를 해야 할 확실한 동기도 없었다. 막연하게만 생각하니 쉽게 실행할 수가 없었다.

하지만 내 책이 출간되면 책을 알리는 마케팅이 필요했고, 그 방법의 하나로 유튜브 마케팅이 있었다. '한책협'의 1인 창업 과정 중에 유튜브 마케팅 과정이 있다. 스마트폰만 있으면 하루 만에 배워서 바로 유튜브를 할 수 있다고 했다. 가슴이 뻥 뚫리는 반가운 소식이었다. 나는 망설임 없이 유튜브 과정을 신청했고, 유튜브를 배웠다.

우리는 언제나 무언가에 흥미를 느껴야 한다. 그리고 모르는 것이 있으면 적극적으로 찾아봐야 한다. 그런 자세가 마음을 행복하고 젊게 유지시켜줄 수 있다.

기계치인 나는 유튜브를 배우는 동안 살짝 헤맸지만, 나만의 유튜브 채널을 가질 수 있게 되었다. 나는 너무 기뻤다. 내게는 기적의 순간이었다. 내가 정말 유튜브를 배우게 될 줄은 몰랐다. 막연한 꿈이 실제로 이루어지는 순간이었다.

내 이름을 걸고 유튜브 채널을 운영하면서 행복이 날마다 플러스되는 인생을 보내고 싶다. 내가 유튜브를 하든, 안 하든 세월은 흘러간다. 행복을 끌어당기는 사람은 언제나 무언가를 지향하며 살아간다. 스스로가 하고 싶은 일, 해야만 하는 일에 집중한다. 무언가를 향해 가고 있을 때, 언제나 젊고 긍정적인 자세로 살아갈 수 있다.

나를 아는 사람은 "그 나이에 무슨 유튜브를 하느냐?", "유튜브 하는 사람이 세상에 얼마나 많은데, 이제 시작해서 뭐하냐?"라고 말한다. 나는 이제 그런 부정적인 말에는 관심이 없다. 나는 긍정적으로 살기로 했다.

무슨 일을 해야만 할 때, 나이를 핑계 삼지 말자. 나이는 그 사람이 살아온 시간의 기억일 뿐이다. 환경도 핑계 삼지 말자. 할 수 있다는 확신만 갖고 있다면 할 수 있는 방법을 찾을 수 있다.

중요한 것은 스스로 그 일을 진정으로 하고 싶은가의 유무다. 나이에 구애받지 않는 유일한 방법은 호기심을 잃지 않는 것이다. 나는 하고 싶은 일이 생겼을 때 가능한지, 불가능한지는 해보고 나서 판단한다. 해보고 그것이 실패면 교훈으로 삼고, 성공하면 선택하면 된다. 우리의 운명은 정해져 있지 않다.

나폴레온 힐은 《놓치고 싶지 않은 나의 꿈 나의 인생 1》에서 말했다.

"어떤 분야든 40살이 되기 전에 창조력을 최대한으로 발휘한 사람은 극히 드물다. 보통 사람들이 창조력을 충분히 발휘할 수 있는 것은 40살에서 60살 사이다. 이것은 수천 명의 남녀를 주의해서 분석한 결과 밝혀진 사실이다. 그러므로 40살까지 실패를 한 사람이나, 40살을 지나 이제 늙었다고 비관하고 있는 사람들은 희망과 용기를 갖기를 바란다."

진짜 꿈을 가진 사람은 어떤 어려움이 닥쳐도 행복하다. 꿈의 끝에 서 있기 때문이다. 행복은 목적이 아니고 과정이다. 성공하면 행복해지는 것이 아니다. 행복해야 성공이 내게 다가온다. 행복을 삶의 최종목적으로 두면 인간은 살아 있는 동안에는 절대 행복할 수가 없다. 인간의 욕망은 끝이 없기 때문이다. 행복은 그 사람의 마음가짐에 따라 달라진다.

행복한 삶은 자신의 강점을 찾아내는 데 있다. 자신의 최고 강점을 찾아내어 자신의 존재보다 더 큰 무엇에 이바지하는 데 활용하자. 즉, 의미 있는 삶을 행복한 삶의 최종목표로 삼아야 한다. 그것이 진정한 행복에 이르는 길이다. 우리가 행복을 기다리는 이 순간에도 행복은 늘 그 자리에서 우리를 기다리고 있다.

대다수의 사람들은 그들이 살아가면서 이미 저지른 일이 아니라, 미처 해보지 못했던 일 때문에 후회한다고 했다. 나에게 유튜브는 시작에 불과하다. 세상은 넓고 할 일은 많다. 또 어떤 일이 나를 행복하게 만들어갈지 기대하고 있다.

《역행자》의 저자 자청도 유튜브를 시작할 당시 거의 6개월간 유튜버가 되는 것을 망설였다고 했다. 하지만 아무리 계산해도 유튜브를 시작하면 '손실보다 이득'이 훨씬 클 것이라는 결론을 내리고 유튜브를 시작했다고 한다. 자청의 계산대로 유튜브 덕분에 자청과 비슷한 성향의 사람들을 모두 만날 수 있었고, 한 차원 높은 리그에 진입하게 되었으며, 작은 기업에 수많은 인재가 몰리는 이익을 얻었다고 한다.

헬렌 켈러(Helen Keller)는 《행복해지는 가장 간단한 방법》에서 말한다.

"행복한 삶은 고난이 없는 삶이 아니라, 고난을 이겨내는 삶이다. 행복은 끊임없이 굶주린 배를 채우는 일밖에 하지 못하는 야생동물에게는 의미가 없다. 행복해지려면 이성을 길러서 자신의 의지와 정신력을 일깨워야 한다. 다시 말해, 자기 수양의 원리를 깨우쳐야 한다. 행복해지려면 행복을 낳는 일들을 해야 한다."

우리는 뭔가를 시작하면 그것에 대한 결과가 바로 나타나기를 바란다. 그렇지만 세상은 그렇게 쉽게 돌아가지 않는다. 되면 다행이고, 안 되면 다시 연구해서 도전하면 된다. 나는 왕초보 유튜버다. 처음부터 잘하는 사람은 세상에 없다. 뭔가를 할 때 나에게는 이 일이 보람이 있고 재미있다는 마음으로 일단 시작해보자.

'내가 너를 돕는 것이 나에게도 좋다'라는 말을 '자리이타(自利利他)'라고 한다. 너도 좋고 나도 좋을 때, 어제보다 오늘 더 행복해지는 길을 가는 것이다. 행복한 사람보다 더 나은 사람은 없다. 누가 뭐라 해도 자기 인생을 행복하게 사는 게 먼저다.

행복한 습관을 가진 사람은
언제나 행복하다

"당신이 생각한 말을 1만 번 이상 반복하면 당신은 그런 사람이 된다." 아메리카 인디언들의 속담이다.

미국 뇌 과학자들의 연구 결과, 전체 뇌세포 230억 개 중 98%가 말의 지배를 받는 것으로 밝혀졌다고 한다. 아메리카 인디언들은 이미 이 진리를 깨닫고 있었던 것 같다. 우리가 어떤 내용에 대해 반복적으로 말하면, 우리의 뇌는 그것을 이루기 위해 우리가 의식하지 못하는 가운데 자동 실행 장치를 켠다.

"나는 행운아야" 하고 입버릇처럼 말하는 사람에게는 좋은 일들이 주로 일어난다. 잠재의식이 그런 것을 찾아내기 때문이다. 원인과 결과는 한 덩어리다. 어떤 일에 관한 결과는 알고 보면 우리의 태도이고, 태도가 그런 일을 불러들인 원인인 셈이다.

말은 행복을 여는 열쇠다. 불행을 만드는 말이 불행한 사람을 만들고, 행복을 만드는 말이 행복한 사람을 만든다. 실패하게 만드는 말을 들으면 실패하는 사람이 되고, 성공을 만드는 말을 들으면 성공하는 사람이 된다.

우리는 무슨 일이 있을 때 '죽겠다'라는 말을 자주 쓴다. '죽겠다'라고 하는 순간부터 우리 몸의 모든 조직과 세포와 신경이 죽을 준비를 하고 있기 때문에 더 힘이 빠지고 좌절하게 된다. '살겠다'라는 말로 바꾸면 모든 것이 살아나기 시작하고 힘이 생긴다. 이처럼 말은 몸의 모든 신경과 세포와 조직을 지배한다.

벤 카슨(Ben Carson)은 디트로이트의 빈민가에서 태어나 8살 때 부모의 이혼으로 편모슬하에서 자라면서 불량소년들과 어울려 싸움질을 일삼는 흑인 불량소년에 불과했다. 그는 피부가 검다는 이유로 백인 친구들 사이에서 따돌림을 당했고, 초등학교 때에는 항상 꼴찌를 도맡아 하는 지진아였다.

그럼에도 그의 어머니는 "벤, 너는 마음만 먹으면 무엇이든 할 수 있어! 노력만 하면 할 수 있어!"라는 말을 끊임없이 하면서 격려와 용기를 주었다고 한다. 그가 바로 미국 존스 홉킨스 대학병원에서 샴쌍둥이 분리수술에 성공해 신의 손이라고 불리는 소아신경외과 벤 카슨 박사다.

음식을 고르듯이 말도 골라서 해야 한다. 말하기 전에 항상 그것이 초래할 결과를 생각해야 한다. 나의 모든 말은 부메랑이 되어 돌아온다. 말은 인생의 소금이다. 식사하기 전에 음식의 간을 보듯 말하기 전에 먼저 생각하고 말하는 습관을 들여보자.

감사할 일이 생겼을 때 하는 감사는 누구든지 할 수 있지만, 감사할 수 없을 때라도 입으로 감사를 말하면 감사의 마음으로 변하게 된다. 이런 행복한 습관을 가진 사람은 언제나 행복하다.

사람은 누구나 자아상을 가지고 있다. 내가 나를 어떻게 보느냐에 따라서 자신의 인생에 영향을 준다. 긍정적인 자아상을 가진 사람은 매사를 긍정적으로 보고 감사하며 행복한 인생을 살면서 다른 사람에게도 좋은 영향을 준다. 반면 부정적인 자아상을 가진 사람은 매사에 원망과 불평을 늘어놓으며 불행한 인생을 살게 된다.

고2 여름방학 때 담임선생님에게 편지 쓰기 과제가 있었다. 담임선생님은 나에게 답장을 보내주셨는데, 팔방미인이라고 칭찬을 해주셨다. 나는 과분한 칭찬에 너무 행복했다. 나를 좋게 보아주신 선생님이 계시니 모든 일에 더 적극적이 되었고, 잘하려고 노력했다.

학창 시절, 《안네의 일기》를 읽게 되었다. 그 책은 안네 프랑크 (Anne Frank)가 제2차 세계대전 시기 나치의 유대인 박해를 피해 2년간 네덜란드의 은신처에서 생활하며 기록한 일기를 주로 엮은 책이다. 안네가 누구에게도 이야기하지 못하는 고민과 경험, 감정, 꿈 등을 내밀하게 털어놓은 이 일기는 전 세계의 많은 사람들에게 감동을 주었고, 오늘날까지 수많은 독자에게 사랑받고 있다.

나는 오래전부터 일기를 써왔다. 학생 시절의 내 일기장은 가난과 어려움, 슬픔으로 물들어 있었다. 그때, 나는 일기장에서 안네를 만나 서로를 위로하고 용기를 충전했다. 나는 빨리 이 시절을 지나 어른이 되고 싶었다. 어른이 되면 내가 할 수 있는 게 많아지고, 내 의지대로 노력하면 뭔가를 풍성히 이룰 것 같았다. 그런 감정들을 일기장에 토해내며 하루하루를 새롭게 일어서고 있었다.

나에게 "취미가 무엇이냐?"라고 물으면 "독서"라고 스스럼없이 말한다. 수많은 책이 나의 친구였다. 책 읽는 순간만큼은 너무 행복하고 부자였다. 시집을 읽고 외우며 참으로 행복했다. 책 읽는 습관을 가진다는 것은, 인생의 거의 모든 불행으로부터 스스로를 지킬 피난처를 만드는 일이다.

행복한 습관을 가진 사람은 언제나 행복하다. 1시간 독서로 누그러지지 않는 걱정은 결코 없다. 독서만큼 값이 싸면서도 오랫동안 즐거움을 누릴 수 있는 것은 없다. 나는 책을 읽으며 행복을 누렸고, 책을 통해 간접경험을 하며 세상을 향해 나아갔다.

학생 시절에 책 읽고 독후감을 써오라는 과제가 정말 많았다. 책만 읽어서는 글쓰기 실력이 저절로 늘지 않는다. 또한, 생각을 글로 표현할 줄 알아야 비로소 책 읽기가 완성된다. 나는 일기를 꾸준히 써왔기에 글 쓰는 데 많은 도움이 되었다.

책을 좋아한 나는 독후감 쓰는 것도 즐거웠다. 그래서 독후감 쓰기 대회에서 여러 번 상도 받았다. 책 읽기와 글쓰기는 생각 근육을 단련시켜주고, 나의 진정한 친구가 되어주었다.

말은 축복의 도구이며, 말은 변화의 도구다. '나는 정말 바보야' 같은 말을 하지 말자. 반복된 같은 말을 반복하면 잠재의식은 그 말을 있는 그대로 받아들이기 때문이다. 우리의 몸에 습관이 있듯 우리가 하는 생각과 말에도 습관이 있다. 이제 불평하고 비난하는 습관을 내려놓자. 부정적인 자기 확언을 긍정적인 자기 확언으로 바꾸는 연습을 하자.

둔재 아인슈타인(Albert Einstein)을 천재로 만든 말이다.
"사랑하는 아들아, 너에게는 다른 사람이 가지지 못한 특별한 재능이 있다. 너는 반드시 훌륭한 일을 하게 될 것이다."

조지 뮐러(George Müller)를 성자로 만든 말이다.
"조지, 나쁜 버릇을 하루아침에 고칠 수는 없지만, 하나님은 한번 택한 자녀는 절대로 버리지 않으신단다. 낙심하지 않고 노력만 하면 조지는 반드시 훌륭한 사람이 될 거야."

습관은 반복된 행동에 의해 습득된 것이다. 습관은 정말로 중요하면서 어렵다. 습관의 중요성에 대해 많은 사람들이 강조하고 있다. 작심 3일이라는 말이 있듯이, 좋은 습관을 자리 잡게 하는 것은 쉬운 일은 아니다.

성공적인 인생을 보낸 이들의 삶을 보면, 다들 좋은 습관을 가지고 있었다. 차이콥스키 (Pyotr Tchaikovsky)는 매일 정확한 시간에 산책했다. 대단한 점은 그의 산책은 1분도 빠르거나 늦지 않았다. 워런 버핏 (Warren Buffett)은 8살부터 독서하는 습관을 지녀서 평생 책을 읽은 사람이다. 오프라 윈프리는 사람들과 포옹하는 습관을 갖고 있었다. 그녀의 포옹이 누구와도 소통이 가능한 오프라 윈프리를 만든 것이다. 작고 사소한 습관이 인생을 만든다. 당신은 당신이 행동한 반복의 결과다. 그러므로 탁월함은 습관에 달려 있다.

좋은 습관은 어렵게 형성되지만 살아가는 데 굉장히 큰 도움이 된다. 나쁜 습관은 쉽게 형성되지만 살아가는 데 치명적이다. 행복한 삶을 살려면 근사하고 행복한 습관을 가져야 한다. 어떤 상황에서도 행복한 반응이 저절로 나오는 행동 양식이 행복 습관이다. 행복한 삶을 위해서는 이런 행복 습관이 필요하다.

자기 확언을 한다는 것은 미래에 긍정적인 영향을 미칠 특정한 생각을 의식적으로 선택하는 것이다. 우리는 자기 확언을 통해서 사고의 패턴을 바꿀 수 있다. 더 나은 삶을 위한 긍정 확언을 하면서 행복한 습관, 좋은 습관을 만들고 행복한 인생이 되어보자.

'나는 모든 좋은 것을 누릴 자격이 있다.'
'나는 풍요를 누릴 자격이 있다.'
'나는 행복을 누릴 자격이 있다.'
'나는 사랑하고 사랑받을 자격이 있다.'

그럼에도 당신의 인생은
소중하다

내가 그를 만난 것은 2010년 9월이었다. 신장이 안 좋은 그는 요양병원에 입원한 환자였다. 요양병원에 입원하기에는 나이가 젊었기에 내 눈에 먼저 띄었다. 그는 신장병과 당뇨가 심한 상태였지만, 병원에서 퇴원만 하면 하루도 술을 거르지 않았다.

누나가 그의 보호자였다. 2남 2녀의 맏이인 누나는 3명의 동생들을 보살피며 씩씩한 장군처럼 살아가는 장한 분이었다. 결혼도 하지 않고 동생들 걱정과 뒷바라지로 일생을 보내기로 한 것 같았다.

누나 집에서 함께 사는 그는 누나의 헌신적인 사랑에도 아랑곳하지 않고 술로 세월을 보냈다. 그러다가 몸이 나빠지면 입원하고, 조금 좋아지면 퇴원해 또 술친구들과 어울렸다. 몸이 망가지니 몸이 마를 대로 말라 바짝 마른 나뭇가지처럼 앙상했다. 지팡이를 의지해 겨우 걸어 다니는 것을 보면 바람 앞에 등잔 같았다.

그는 아프기 전 대형트럭 운전사였다고 했다. 무슨 일인지 술과 담배로 세월을 보내다가 몸이 나빠진 것 같았다. 나는 보호자인 누나와 통화를 하면서 나와 같은 동네에 산다는 것을 알았다. 그가 퇴원하는 날, 누나는 바빠서 병원에 올 수 없었기에 한동네에 살던 내가 퇴원하는 것을 도와주었다.

그가 요양병원에 입원한 인연으로 누나와 나는 가깝게 지냈다. 그 집의 막내도 어떤 이유에선지 정신병원에 입원한 상태였고, 몸이 안 좋다고 했다. 그러다 얼마의 시간이 흘러 막내의 장례식을 치렀다는 소식을 들었다.

동생들 뒷바라지로 헌신한 누나는 그에게 부모님이나 마찬가지였다. 몸이 허약한 그는 마음대로 먼 거리를 혼자서 다닐 수가 없었다. 나는 몇 달에 한 번씩 그의 병원 진료와 약 타는 것을 도와주기도 했다. 그는 자신을 지켜주는 누나에게 큰 고마움을 갖고 있으면서도 표현을 못 하는 것 같았다. 몸이 망가지니 꿈도 없고 희망도 없고 그냥 하루하루 살아가는 모습이 안타깝기만 했다.

그러다 또 세월이 흘렀고, 나는 누나에게서 그를 하늘로 보냈다는 소식을 나중에 듣게 되었다. 동생이 아침에 안 일어나서 방에 가보니 이미 손쓸 겨를도 없었다는 것이다. 그는 그렇게 짧은 생을 마감했다. 누나의 헌신적인 사랑을 받으며 하늘나라로 간 것이다.

내 차를 타고 진료 날 병원을 오갈 때, 깡마른 얼굴로 한 번씩 웃어 보이던 그가 눈에 선하다. 나는 그렇게라도 그가 세상 구경을 하면 좋을 것 같았다. 그렇게 한 번이라도 말벗이 되어주고 싶었다. 나는 더 그렇게 못해주어서 미안하고 후회스러워 가슴이 미어졌다. 하물며 두 동생을 가슴에 묻고 살아가는 누나의 심정을 내가 어찌 헤아릴 수 있으랴.

그렇게 이 세상을 등진 그였지만, 그럼에도 불구하고 그의 인생은 소중했다고 나는 말하고 싶다. 망가진 몸이었지만 그를 위해 모든 것을 아끼지 않은 누나가 존재했다. 사랑으로 그를 지켜주는 누나가 있었기에, 마지막 순간에도 그는 누나의 따뜻한 사랑을 느끼며 행복하게 눈을 감았으리라.

모든 죽음은 슬프다. 비록 슬픔 속에서 떠나더라도 우리는 죽음 직전까지 행복해야 한다. 인생의 깊은 수렁 속에서도 한 줄기 빛이 나를 비춰준다는 것을 잊지 말고 살아가자.

어떤 인생이었든 누군가는 분명 그를 지켜주고 있었을 텐데, 왜 그것마저도 외면하는 인생이 되고자 하는지 그 어리석음에서 벗어나라고 나는 말하고 싶다. 자신의 생명이 세상에서 가장 소중하다는 것을 언제나 잊지 말자.

어떤 삶을 살고 있더라도 우리는 행복해질 권리가 있다. 어떤 순간이라도 우리는 행복을 선택할 수 있다. 어제보다 오늘 더 행복해지는 연습을 해야 한다. 왜 내 삶은 원하는 대로 되지 않을까 낙심하지 말자. 남이 보기 좋은 인생 말고, 내가 나에게 만족하는 행복한 인생을 만들어가자. 나의 행복은 내가 만드는 것이다.

"운의 한쪽 문이 닫힐 때 다른 한쪽 문이 열린다. 그러나 우리는 닫힌 문만 쳐다보며 안타까워하기 때문에 다른 쪽 문이 열려 있는 것을 알지 못한다"라고 헬렌 켈러는 갈파했다. 누구나 바라는 행복은 결코 성공의 결과물이 아니다. 순간순간 그 과정을 즐기면 우리는 행복해지고, 그런 행복한 과정이 쌓여 바로 놀라운 성공이 결과로 나타나는 것이다. 주도적으로 행운을 창조하려고 노력해야 한다. 운이 좋은 사람은 사고 자체가 긍정적이다. 행운은 더 열심히 준비된 자에게만 찾아오는 선물이다.

'골든 룰'이란, '남이 자신에게 해주기를 바라는 것을 자신이 먼저 다른 사람에게 해주라'는 법칙이다. 이것은 우리의 인생에 행운과 성공을 가져다주기 위해서 꼭 필요한 법칙이다. 무한한 우주 번영의 에너지와 연결하는 방법이기 때문이다. 모든 성공한 사람들이 사용한 절대 법칙이 바로 골든 룰이다.

운명이란 나 자신이 만들어가는 것이다. 남을 배려하고 함께 나누는 생활이 습관화되면 몸과 마음에 에너지가 충만함을 느끼게 되고, 자신감과 확신으로 자기도 모르는 사이에 소망하는 바가 이루어진다.

당신의 인생은 소중하다. 작심삼일도 7번이면 인생이 바뀐다. 막힘 없이 인생길을 운전하기 위해서는 목적지 설정이 필요하다. 당신은 어떤 꿈을 이루고 싶은가? 바람의 방향은 바꿀 수 없지만, 돛은 조정할 수 있다. 남에게 기회를 주는 자는 자기에게도 기회가 있다.

과거와 결별하지 않으면 미래와 결별하게 된다. 모든 갈등은 관계 맺기에서 시작된다. 세상에 완벽한 사람은 없다. 관계가 꼬인 사람은 미워하지 말고 잊어버려라. 우리는 의외로 가족이나 가까운 사람에게 상처를 많이 받는다. '나와 다른 상대를 인정하고 이해하기', 이것이 모든 관계 맺음의 가장 기본적인 태도다.

행복은 몸을 가뿐하게 해준다. 능력이 없으면 열정이 있어야 하고, 열정이 없으면 겸손해야 하며, 겸손하지도 못하면 눈치가 있어야 한다. 열정이란 재능을 가리킨다. 열정 없는 재능이란 없다. 현재에 집중할 때 미래의 두려움이 자리할 여지는 없다.

완벽에 집착하면서 삶을 낭비하지 마라. 실패는 잊어라. 그러나 그것이 준 교훈은 절대 잊으면 안 된다. 인생이란 현명한 자에게는 꿈이요, 어리석은 자에게는 승부이며, 부자에게는 희극이고, 가난한 자에게는 비극일 뿐이다.

행복의 3가지 조건은 '사랑하는 사람들', '내일을 위한 희망', '나의 능력과 재능으로 할 수 있는 일'이라고 말하고 싶다. 이제 '나'라는 상품의 메뉴판을 정리하고 나를 표현하자. 사람들은 이제 조언보다는 위로를, 가르침보다는 공감을 원한다. 진심은 진심을 낳는다.

인간의 수명이 과거에 비해 놀라울 만큼 늘어났다. 이렇게 삶의 시간은 더 주어지는데, 이 늘어난 인생의 시간을 우리는 어떻게 쓰고 있는가. 우리에게 주어진 시간의 무게를 다시 생각하고, 나의 인생은 소중하고 행복했다고 말할 수 있는 삶이 되어보자.

당신은 행복해질
권리가 있다

　요양병원 간호사로 일하면서 코로나로 인해 요양병원에 입원해 있는 환자와 보호자가 자유로운 면회를 못하는 것이 굉장히 안타까웠다. 손자와 손녀의 재롱을 보며, 집안 어른으로서 대접받아 마땅한 우리의 부모님들 아니신가. 지병으로 인해 어쩔 수 없이 병원 신세를 져야 한다 해도, 가족조차 면회가 어려운 코로나 시국이 굉장히 야속했다.

　집을 떠나 낯선 병원에서 자식들 얼굴도 못 보고, 기한 없는 병원 생활을 해야 하는 분들이 안타까울 뿐이다. 비대면 면회를 해본 사람이면 아마 알 것이다. 바로 앞에 있는 내 부모의 손 한번 잡을 수 없는 안타까움을 말이다.

　보호자들은 대면 면회가 안 되니 답답한 마음에 영상통화를 해본다. 귀 어둡고 눈 어두운 어르신이 휴대폰의 자그마한 영상에 비치는 사람이 내 자식인 줄 알아볼 수 있으랴. 더구나 치매가 있는 어르신들은 더욱 자식 얼굴을 알아볼 리 만무하다.

전국 요양병원에 입원해 있는 수많은 분들은 다 누군가의 부모님일 것이다. 그리고 그 부모님의 자식들은 부모님이 그리울 것이다. 자유롭게 면회도 안 되는 세상이니 무엇을 탓할 것인가.

나는 양가 부모님이 다 돌아가시고 안 계신다. 지금 내 부모님이 살아계신다면 나는 어떻게 할 것인가. 또한, 나도 병들고 연로해지면 어떤 다른 방도가 있을까 생각해본다. 화성 여행을 가는 시대에 아이러니하게도 지구에서는 코로나 지옥을 겪고 있다.

2022년 12월 9일 〈한국경제〉에 실린 글이다. 미국 존스홉킨스대 길버트 번햄(Gilbert Burnham) 교수는 "코로나19로 알려진 세계 사망자는 600만 명이지만, 초과 사망자를 고려하면 실제로는 1,800만 명이 숨졌을 것으로 추정된다"라고 했다.

요양병원 환자들 가운데 코로나 확진을 받고, 지병 중에 코로나를 이기지 못해 더 힘든 일을 당하신 분들이 많다. 코로나로 인한 사망 숫자를 보라. 우리는 살아 숨 쉬는 것만으로도 감사하고 행복한 일이다.

시어머님은 혼수상태로 인공호흡기를 의지한 채 3년이라는 세월을 요양병원에서 지냈다. 우리는 한 번만이라도 의식이 돌아오기를 학수고대하며 기다렸다. 하지만 시어머님은 자신의 의지와는 상관없이 인생의 마지막을 그렇게 보내시다가 돌아가셨다.

우리는 다들 영문도 모른 채 생명을 부여받아 이 땅에 살고 있지만, 죽음조차 제 뜻대로 하기가 쉽지 않은 것 같다. 남편과 나는 남은 인생을 의미 없는 연명의 시간으로 만들지 말자고 정했다. 마지막 내 인생은 내가 만들기로 결정했다. 그래서 함께 사전연명의료의향서를 신청했다.

사전연명의료의향서는 연명치료 거부동의서에 해당한다. 간단하게 말하자면 의학적으로 회복 가능성이 없는 경우, 임종 과정에 있는 환자가 되었을 경우, 치료 효과 없이 임종 과정의 기간만을 연장하는 연명치료 중단 의사를 미리 밝히고 등록해두는 절차다.

인생이란 내가 준비되어 있든 안 되어 있든, 사건의 연속이다. 사전연명의료의향서를 신청하는 사람들 대부분은 삶의 마지막 순간을 존엄하게 맞이하고자 하는 생각을 갖고 있다. 미처 준비하지 못한 때에 임종의 순간이 올 수도 있으니 스스로 의사결정을 할 수 있을 때 미리 해두는 것이다.

사전연명의료의향서는 19살 이상이면 누구나 신청할 수 있고, 신

분증을 지참해 지정등록기관을 방문하면 된다. 거기서 상담사의 충분한 설명을 청취, 숙지하고 의향서를 작성해서 제출하면 연명의료 데이터베이스에 등록된다. 이후부터 법적 효력이 발생한다.

남편과 나는 시 보건소로 갔다. 우리 앞에는 노부부 두 팀이 기다리고 있었다. 대기하면서 진행 절차를 확인할 수 있었다. 등록증도 신청하면 준다. 의향서 신청 이후에 혹시 마음이 바뀌면 언제든지 변경 및 철회도 가능하다.

나는 요양병원에 근무하면서 환자의 편에서 생각해봤다. 비록 치매가 심해 자식도 못 알아보거나 혼수상태로 의료인과 간병인의 도움 없이는 살아갈 수 없는 환자지만, 표현은 못 해도 가슴속에 이런 간절함이 있을 것 같았다.

'하루만이라도 가족들과 함께 지낼 수만 있다면 얼마나 좋을까. 도란도란 웃음꽃을 피우며 옛이야기도 나누고, 손자·손녀의 재롱을 볼 수 있다면, 자그마한 손으로 안마도 받아볼 수 있다면 얼마나 행복할까. 사랑하는 자식들의 얼굴을 보면서 나의 마지막은 이렇게 해달라고 부탁할 수가 있다면 얼마나 좋을까.'

인간의 생명은 존엄하다. 누구나 존중받아 마땅하다. 우리는 행복해질 권리가 있다. 환자와 보호자 모두 오랜 시간이 지난 어느 날, 그

때가 좋았다는 추억을 남길 수 있다면 얼마나 좋을까 생각해본다. 시어머님과 친정어머니가 병원에 계실 때 함께 찍은 사진 한 장 못 남겼다. 부모님과의 마지막을 사진으로 남기지 못한 게 못내 아쉽고 서럽다.

건강이 허락된다면, 부모님이 요양병원에 입원해 있을 때라도, 생신 기념일이나 특정일을 정해서 부모님을 모셔와 온 가족이 모여 오손도손 옛이야기 하며 가족의 정을 나누고 가족사진도 찍어둔다면 좋을 것 같다. 모든 것을 다 바꿔도 바꿀 수 없는 것이 가족이다. 병원 생활만 하시던 부모님이 얼마나 기뻐할까? 생각만 해도 기분이 좋아진다.

나는 부모님과의 마지막 추억을 쌓고 가족 간의 사랑을 나눌 곳이 필요한 이들에게 장소를 제공하고 싶다. 부모님을 모셔와 함께할 하룻밤의 공간을 제공하고 그들을 돕고 싶다. 사랑하는 사람들과 함께 보내는 시간은 황금보다 귀하다.

인생을 사는 2가지 방식이 있다. 하나는 아무 기적도 없는 것처럼 사는 것이고, 또 하나는 모든 것이 기적인 것처럼 사는 것이다. 나는 살아오면서 내 눈물이 너무 무거워 엎드려 울 수밖에 없을 때가 많았다. 그러나 절망하지 않았다. 무엇이든 긍정의 생각으로 지나왔다.

앞으로도 마찬가지다. 늙은 나이란 없다. 할 일이 있고, 사랑하는 사람이 있고, 희망이 있으면 행복의 길을 가는 것이다. 즐거울 때만 웃지 말고, 웃어서 즐거워지자. 스스로 어떤 사람이 될지 정하고 거기에 맞게 환경을 리셋하면 수월하게 원하는 것을 얻을 수가 있다. 긍정의 힘으로 자기 자신을 믿는 순간, 어떻게 살 것인지를 알게 된다. 나는 모든 것이 기적인 것처럼 살고 싶다.

행복이
내게 준 선물

'소귀에 경 읽기'라는 속담이 있다. 종종 대화를 나누다가 너무나 답답해 그 자리를 떠나고 싶은 상대가 있다. 어쩌면 저렇게 자기 우물에 갇혀서 살 수가 있을까 싶을 정도다. 현실을 잘 알지도 못하면서 혼자 다 아는 양 단정하고 확신한다.

그렇다. 이것은 차라리 상대방보다 내가 잘못한 것 같다. 알아듣지도 못하는 소 앞에서 경을 읽었으니 말이다. 살다 보면 이런 벽에 부딪혀 실망하고 좌절할 때가 있다. 같이 갈 수 없는 사람을 기어이 끌고 같이 가려다가 스스로 주저앉을 수 있다. 아무리 가르치고 일러 주어도 알아듣지 못하고, 자기 고집만 피우는 사람을 어찌 이길 수가 있단 말인가.

오늘날 많은 전문가와 성공한 사업가들이 네트워크 마케팅을 세계에서 가장 빠른 속도로 성장하는 비즈니스 모델의 하나로 인정하고 있다. 네트워크 마케팅은 20세기 중반부터 다양한 형태로 나타났다. 네트워크 마케팅은 직접 대면하는 인간관계의 힘을 이용해 네트워크를 형성하기 때문이다.

자신만의 고유한 이야기를 들려주는 법을 잊어버린 기업은 아무리 훌륭한 제품을 쌓아놓고 있다 해도 얼마 안 가 시장에서 사라지고 만다. 제품이나 서비스의 홍보를 마케팅 채널에 광고하며 큰돈을 쏟아붓는 대신, 제품과 서비스에서 큰 만족을 느낀 사람들이 다른 사람들에게 그 경험담을 들려주고 홍보해 수익을 올릴 수 있게 하는 방식이 바로 네트워크 마케팅의 기본 개념이다.

로버트 기요사키의 저서 《21세기형 비즈니스》에는 이런 내용이 나온다.

"네트워크 마케팅의 핵심은 제품의 판매가 아니라 네트워크의 구축이다. 많은 사람이 스스로 충성스러운 고객이 되고, 적절한 숫자의 고객들을 대상으로 판매 및 서비스 활동을 펼치고, 다른 사람들을 모집해 그 모든 과정을 알려주는 것이 이 사업의 목표다."

워런 버핏은 "내가 잠을 자는 동안에도 돈이 들어오는 시스템을 만들지 못한다면, 죽을 때까지 일을 해야 한다"라고 말했다. 이 시스템을 만든다면 비활성 소득이 가능하다. 내가 일을 하지 않아도 자연스럽게 만들어지는 소득을 말한다.

네트워크 마케팅은 비활성 소득을 가능하게 한다. 네트워크 마케팅 세계에서는 꿈을 이루도록 사람들을 가르치는 스승이 됨으로써 그들에게 영향을 미치는 리더를 양성한다. 개인적 성공으로 얻는 만족도 크지만, 다른 많은 이들의 성공을 도와줄 때 훨씬 더 큰 만족을 느낄 수 있다.

요즘 내가 만난 네트워크 마케팅회사는 장수 시대에 건강을 지켜주고 젊음을 유지시켜주는 최첨단 기술력을 지녔다. 또한 사업자를 위한 보상체계도 뛰어나다. '앞으로의 천만장자는 건강사업에서 나온다'라고 세계적인 경제학자 폴 제인 필저(Paul Zane Pilzer)는 말했다. 시대에 맞게 나는 여기에 몸담아 나의 풍요하고 아름다운 미래를 열기로 했다. 내가 먹고 건강해져서 젊어지고 예뻐지며 부까지 구축할 수가 있다면 최고가 아니겠는가.

나는 나와 뜻이 맞는 사람들과 친분도 쌓고 서로 도우며 구축하는, 미래를 향한 열정을 좋아한다. 집에서 여는 파티를 통해 진행되는 네트워크 사업 방식을 '파티플랜 비즈니스'라고 하는데, 나는 이런 방식이 좋다. 날마다 건강을 되찾아야 할 사람들이 내 눈에 띈다. 건강을 위해 쓰는 돈이 헛되지 않고, 확실한 효과로 건강한 삶을 영위할 수 있다면 얼마나 좋을까. 현재도 건강하고 앞으로도 건강하며, 부를 구축하고 남은 인생을 풍요롭게 살게 하는 것이 가장 큰 행복이다.

오늘날 수많은 사람이 직장을 그만두고 사업가가 되어 자신의 사업체를 운영하는 꿈을 꾼다. 그러나 문제는 대부분이 그저 꿈에 그친다는 것이다. 창업회사가 5년 안에 실패할 확률은 약 90%에 이른다고 한다. 그만큼 사업으로 성공하기가 쉽지 않다.

네트워크 마케팅의 장점은 우리를 대신해 사업의 모든 기초공사가 미리 되어 있다는 점, 더불어 우리의 성공을 기원하는 경험 많은 리더들의 안내도 받을 수 있다는 점이다. 비활성 소득을 창출하면서도 초기에 필요한 투자 비용은 비교적 낮다. 충분한 현금 흐름이 생겨 원래의 직업을 그만두고 이 사업에만 전념할 수 있기 전까지는 파트타임으로 참여할 수 있는 장점도 있다.

네트워크 마케팅에는 기업가 정신이 필요하며, 이는 곧 집중력과 끈기 있는 노력을 의미한다. 네트워크 마케팅에서 하루아침에 부자 되기 같은 방법론은 없다. 비즈니스 활동이 단순한 편이지만, 그 대신 시간과 노력이 필요한 사업이다. 자신의 재능을 발견해서 개발하고, 그것으로 세상에 기여하기 위해서는 용기가 필요하다.

네트워크 마케팅 사업에서 성공하기 위해서는 확실한 회사와 확실한 제품, 확실한 보상체계를 확인하고 선택해야 한다. 결정을 내리고 실행에 옮기는 것은 자신이며, 자신 외에는 누구도 어느 것도 탓할 수 없다. 이제는 자신이 통제권을 쥐어야 한다. 지금의 좌석에서 일어나 자신만의 인생의 운전대를 잡아야 한다.

복제 능력은 이 사업에서 마법의 열쇠와 같다. 세일즈맨 능력이 중요한 게 아니다. 네트워크 마케팅 사업에 진정한 힘을 제공하는 것은 당신이 어떤 능력을 가졌느냐가 아니다. 성장 엔진은 자기 자신의 방식을 복제하는 사람들이다. 무엇을 복제할 수 있느냐가 중요하다.

누구라도 쉽게 따라 할 수 있는 방식으로 사업을 구축해야 한다. 다른 사람들이 당신의 시스템을 복제할 수 있는 것이 당신에게 중요하기 때문이다. 그것이 바로 당신에게 성공을 가져다준다.

《나는 건물 없이 월 2,000만 원 번다》의 이혜정 작가는 시간적·공간적·경제적 자유를 얻고 싶은 사람들에게 필요한 책을 썼다. 젊은 부자가 되고 싶었던 그녀는 7급 공무원을 그만두고, 네트워크 마케팅 사업으로 성공한 30대 사업가가 되었다.

"평범한 사람이 부자가 되기 위한 방법, 나는 이 방법을 많은 사람들에게 전파하고 싶다. 나쁜 사업이라는 편견을 깨고 월급통장 하나를 더 늘리는 일, 누군가에게 일자리를 제공하는 일, 더 이상 노동하지 않아도 되는 일, 평생 현역으로 살 수 있는 일, 멋진 엄마, 멋진 딸이 될 수 있는 일. 나는 그런 일이 바로 네크워크 마케팅 사업이라고 생각한다"라고 이혜정 작가는 말했다.

21세기 비즈니스로 사업을 구축하고 성공하기 위해서는 현명하게 선택해야 한다. 화려한 비즈니스 경력은 필요 없다. 뛰어난 판매 능력도 필요 없다. 원래 직장을 그만둘 필요도 없다. 거액의 사업 자금도 필요 없다. 천재적인 협상 능력이나 숫자 감각도 필요 없다.

'안전지대를 기꺼이 벗어나 노력할 의지가 있는가? 조언과 지도에 적극적으로 따르고, 남들을 이끄는 법을 배울 의향이 있는가? 내 안에는 부자가 존재하며, 그 부자는 세상으로 나올 준비가 되어 있는가?' 이것이 중요하다. 당신의 미래는 지금부터 시작된다.

꿈이 없는 친구와는 결별하라. 출발점이 다르면 끝도 다르다. 꿈이 없는 사람들이 우리의 인생을 책임져주지 않는다. 오히려 우리의 에너지와 시간을 빼앗아갈 뿐이다. 성공자를 만나고 그들에게 배워라. 된다는 사고방식을 가진 사람들은 되는 방법만 생각한다.

우리의 인생은 지금부터 시작이다. 주체가 되어 선택하고 결정하라. 기회는 갑자기 오는 것이다. 지금 오는 기회를 내 것으로 만들어 운명의 시계를 바꿔야 한다. 지금 자신이 가는 길이 고달프고 힘겹다면, 지금 당장 용기를 내어 운명의 시계를 바꿔라.

'그게 정말 좋은 아이디어라면 벌써 누군가가 먼저 시도하지 않았겠어?', '바보 같은 소리 하지 마. 대체 어쩌다 그런 생각을 한 거야?' 이런 말들은 꿈을 죽이는 말이다. 이런 말을 하는 사람들은 대개 자신의 꿈을 포기해버린 사람들이다. 세상에는 당신의 꿈에 찬물을 끼얹으려는 사람들이 너무 많다. 그런 사람들의 말에 귀 기울이지 마라.

인생의 기회는 무거운 짐처럼 다가온다. 그래서 대부분의 사람은 기회를 잃고 만다. 기회를 짐처럼 느끼지 않으려면, 평소 다가오는 도전에 망설이면 안 된다. 그리고 인생을 즐겨야 한다. 그렇게 되면 모든 것이 기회가 된다.

1961년 5월, 존 F. 케네디(John Fitzgerald Kennedy)가 연설에서 미국이 1960년대가 끝나기 전에 인간을 달에 착륙시킬 것이라고 공언했을 때, 사실 과학자들은 그런 목표를 성공시킬 구체적인 방법을 알지 못하는 상태였다. 그것은 단순히 야심에 가득찬 것이 아니라 터무니없게 느껴지는 목표였다.

하지만 결국 미국은 해냈다. 1960년대가 끝나기 전에 인간의 달

착륙을 성공시켰다. 그것은 바로 리더십의 힘이다. 강렬한 호소력으로 비전을 제시함으로써 어떤 목표든 실현하게 만드는 힘, 진정한 리더십은 거대한 산도 옮길 수 있다.

나를 믿고 적극적으로 지지해주는 친한 언니에게 나는 말한다. "언니, 가다 보면 정상에 오를 거예요. 한 발, 한 발 갑시다. 너무 신경 쓰지 마세요. 어차피 포기하지 않으면 성공해요. 같이 새 차 뽑고, 같이 세계여행 다니고. 꼭 그렇게 될 거예요."

또 다른 파트너에게는 "절대 포기하지 마세요. 포기는 실패입니다. 1년만 포기하지 말고 있으면 꼭 성공합니다. 내가 기어이 성공하도록 도와줄 것입니다"라고 말하며 용기를 준다.

모든 위대한 리더는 탁월한 스토리텔러로서, 자신의 비전을 생생하고 분명하게 전달해 다른 이들 역시 그것을 볼 수 있게 이끄는 능력이 있다. 돈은 최고의 리더가 있는 기업으로 흘러간다.

내가 아는 옛 직장 선배는 내가 하는 이 사업을 2년 전에 알고 있었다고 한다. 그러나 꾸준히 사업으로 연결하지 못하고 손에서 놓아버렸다. 현재 이 사업에서 뛰어난 성과를 보이는 사람들은 2년 전에 포기하지 않고 꾸준히 자리를 지켜온 사람들이다.

말콤 글래드웰(Malcolm Gladwell)은 《아웃라이어》에서 "어떤 분야에서든 뛰어난 성과를 달성하려면 약 1만 시간의 노력이 필요하다"라고 말했다. 스스로 당신 자신을 해고하는 짓은 하지 마라. 2~3달 해보고 나서 이 일은 나한테 맞지 않는 것 같다고 포기하지 마라. 네트워크 마케팅에는 충분한 시간이 필요하다.

네트워크가 500명 이상 규모로 성장한 후 수천 명을 향해가고 있다면, 비로소 비활성 소득을 발생시키는 진정한 사업이라고 할 수 있다고 한다. 500명 이상의 규모로 커질 때까지의 기간은 사업의 형성 단계이자, 기반을 확립하는 시간이다.

같이 갈 수 없는 사람을 기어이 끌고 같이 가려다가 스스로 주저앉을 수 있다. 소귀에 경 읽기 하다가 소중한 시간을 낭비할 수 있다. 긴 안목을 가져라. 그리고 부의 구축이라는 최종 목표에 시선을 고정시켜라. 성공하고 싶다면, 마지막까지 행복한 인생을 누리고 싶다면.

"포기하고 싶지만 오늘은 포기하지 않겠어. 내일 포기할 거야"라고 외치고 또 외쳐보자. 외치는 만큼 내 꿈은 더 가까이 다가올 것이다.

찬란하고 소중한
내 인생

나는 20년간 요양병원에서 간호사로 일하며 여러 환자를 만날 수 있었다. 교육장 사모님을 지낸 박 할머니, 시장 장사만으로 자식들을 어디에도 빠지지 않게 키워낸 이 할머니, 교장을 역임한 김 할아버지, 평생 농사만 지은 최 할아버지 등 직업군도, 학력도 다양했다.

하지만 이제 그런 것들이 무슨 소용인가? 침대에 누운 채 간병인의 도움 없이는 아무것도 할 수 없으니…. 치매가 심해 가족도 못 알아보는 상황은 또 어떠한가? 우리도 늙으면 저렇게 될 텐데, 그때 우리는 어떻게 해야 할까?

'의료&복지뉴스'를 보면, 요양병원 병상은 2008년 우리나라 전체 병상 47만 2,297개 중 7만 6,608개로 16.2%를 차지했는데, 10년 후인 2018년에는 27만 7,100개로 전체 병상 62만 9,219개의

44%를 차지할 정도로 늘었다고 한다.

　내가 본 요양병원 입원환자 중 60대는 소수에 불과하다. 70~80대가 대부분이며, 90대도 수두룩하다. 그만큼 평균수명이 길어지고 노령인구가 늘어났다는 뜻이다. 어떤 환자분은 마을회관에 가면 70살인 자신이 막내여서 잔심부름을 도맡아 했다고 말씀하시기도 했다.

　지금은 100세 시대다. 요즘 60살은 청년이다. 그런 만큼 60살 이후를 더 잘 준비해야 한다. 그래서 나는 인생 2막을 건강하고 풍요롭게 살아갈 수 있는 길을 제시해주는 동기부여 강연가가 되었다.
　인생의 소중함을 아는 사람은 게으를 수 없다. 우리는 찬란하고 소중한 자신의 인생을 끝까지 책임져야 한다. 늙는다는 것을 두려워하지 말고 인생의 목표를 잃는 것을 무서워해야 한다.

　세상은 빠르게 변화하고 모든 환경은 좋아지고 있다. 그런데도 사람들의 얼굴은 밝지 않다. 그저 묵묵히 주어진 환경에 적응하며 그틀을 유지하기에만 급급하다. 모든 것은 마음먹기에 달렸다.
　꿈이 있으면 희망이 생기고, 자신이 원하는 삶을 포기하지 않고 살 수 있다. 꿈을 가지고 목표를 향해 전진할 때 우리는 '행복감'을 느끼고 인생을 더 쫄깃하게 꾸려갈 수 있지 않을까?
　우리는 행복하기 위해 태어난 사람이다. '억지로라도 웃으면 나중에는 진정으로 웃게 된다'라는 말이 있다. 처음에는 어색해도 이러한 행동을 계속하면 습관화된다. 그러다 보면 오히려 행복해지지 않는 게 이상할 것이다.

가수 윤항기는 80살의 나이에도 〈나는 행복합니다〉라는 자신의 곡을 부르며 인기를 끌고 있다. 그 노래를 부르는 그의 얼굴은 행복한 모습이다. 굳은 얼굴로는 그 노래를 절대 부를 수 없는 셈이다. 이처럼 우리는 언제나 행복한 사람이 되고 싶어 한다.

내가 어릴 때는 웅변대회가 있었다. 웅변대회 날짜가 정해지면 출전할 대표가 뽑히고, 방과 후 담임선생님에게 웅변 지도를 받곤 했다. 또한, 웅변학원에 다니며 실력을 닦았다. "이 연사 이렇게 주장하는 바입니다"라고 외치는 소리에 모두 박수갈채를 보냈다. 나는 내성적인 아이였음에도 그 모습이 부러웠다. 그러나 나는 반장도 아니었고 부잣집 아이도 아니었다.

이제 나는 강연가가 되었다. 나는 꿈을 포기한 사람들을 꿈꾸게 해주는 강연가, 희망과 행복을 전하며 선한 영향력을 끼치는 강연가, 인생 2막이 더 풍요로워질 수 있도록 해주는 행복 찾기 강연가가 되었다. 많은 사람이 죽기 전에 가장 후회하는 것은 '가슴이 시키는 삶을 살았어야 했는데…'라는 것이라고 한다. 나는 한 번 사는 인생 후회 없이 살기로 했다.

호박벌은 하루 평균 150㎞ 정도를 날아다닌다고 한다. 그런데 과학적으로는 호박벌은 날개가 몸에 비해 너무 가늘고 작아서 날 수 없다고 한다. 그런데도 그렇게 많이 날 수 있는 것은 체형상 날 수 없다는 것을 모른 채, 열심히 날갯짓하며 날아서라고 한다.

사람들은 늘 무엇을 하기에는 늦었다고 말한다. 하지만 진정으로 무언가를 추구하는 사람에게는 바로 지금이 인생에서 가장 젊을 때다. 무언가를 시작하기에 딱 좋은 때. 누구든 꿈과 목표를 갖는다면, 하루하루의 삶도 달라질 것이다. 시간을 함부로 쓰지 않을 것이고, 목표를 이루기 위한 노력을 아끼지 않을 것이다. 꿈이 이루어지는 상상을 하며 미소를 머금고 순간순간 행복을 느낄 것이다.

많은 사람이 '될 수 있다', '할 수 있다'라는 긍정적인 마인드로 자신의 삶을 한 단계씩 더 높여가기를 진심으로 바란다. 그러면 자신이 밝아지고 행복한 것은 물론, 가정과 사회와 온 나라가 활기차고 더 발랄하게 될 것이다.

'인생은 60부터'라는 말에 힘입어 나는 내 꿈과 목표를 정했다. 꿈꾸는 데 늦은 나이란 없다. 예순도 청년이다. 다시 시작할 수 있다. '집안에 노인이 하나도 없다면 한 사람 빌려와라'는 말을 들어봤는가. 살면서 쌓아온 삶의 경험과 노하우가 얼마나 많겠는가. 60대는 그것이 재산이다. 그 재산을 발판 삼아 다시 일어설 수 있다.

남은 40년을 더 행복하게, 풍요롭고 찬란하게 살아갈 수 있다. 다시 태어났다고 생각하고 못다 한 꿈을 펼칠 수 있다. 예순은 황혼이 아니라 다시 청년인 것이다. 나는 예순의 나이에도 꿈을 꾸고, 그 꿈을 실현할 수 있다고 말하고 싶다. 갈 곳 잃은 60대에게 동기부여를 해주는 성공학 강연가가 되고 싶었던 이유다.

밀라논나 장명숙 작가는 《햇빛은 찬란하고 인생은 귀하니까요》에서 "누가 노년을 여생이라 부르며, 노년을 무료한 이미지로 떠올리도록 만들었을까? 소파에 누워 기운 없이 리모컨만 돌리는 삶이 아닌, 마음만 먹으면 무엇이든 할 수 있는 시간이 노년이다. 심신이 건강하기만 하면, 인생이 가장 찬란한 때가 바로 노년이다"라고 말했다.

밀라논나는 밀라노라는 지명에 할머니라는 뜻의 이탈리아어 '논나'를 합친 단어라고 한다. 밀라논나는 한국인 최초 밀라노 패션 유학생으로, 그의 화려한 이력에 모두 놀란다. 현 71살의 나이에 구독자 90만 명을 보유한 핫한 패션 유튜버로 활약 중이다.

마음만 먹으면 무엇이든 할 수 있는 시간이 노년이다. 인생에서 가장 찬란한 때가 바로 노년이다. 앉은 자리를 바꾸지 않으면 새로운 풍경을 볼 수 없다. 꾸준한 호기심으로 뇌를 설레게 만들어라. 찬란하고 소중한 내 인생이라고 소리쳐라.

이제는 키울 아이도 없고 가족의 눈치를 볼 이유도 없다. 꿈을 설정하고, 이룰 수 있다는 상상의 나래를 펴자. 할 수 있는 것부터 시작해보자. 예순의 스펙은 인생 경험이다. 주위를 살펴보라. 얼마든지 다시 시작할 무언가가 우리를 기다리고 있다. 어릴 적 소풍 갔을 때 보물찾기를 했던 것처럼, 끝까지 포기하지 말고 자신만의 보물을 찾아내길 바란다. 나는 모든 사람이 올바른 정신과 체력으로 죽을 때까지 행복한 인생을 살자고 외치고 싶다.

세상 모든 사람들이
행복해졌으면 좋겠다

"삶이 그대를 속일지라도 슬퍼하거나 노하지 마라. 설움의 날을 참고 견디면 머지않아 기쁨의 날은 오리니."

삶의 무게에 짓눌려 힘들 때, 푸시킨(Alexander Pushkin)의 이 시를 읽으면 참 많은 위로가 된다.

삶이 너무 힘들어 앉아서조차 울 수 없을 때, 엎드려 한없이 울어 본 적이 있는가? 한없이 울고 또 울고 나면, 내가 나를 위로하는 시간이 온다. 그런 시간을 맞아본 적이 있는가?

나는 교회 강대상 바로 앞에서 무릎 꿇고 기도하는 것을 좋아한다. 힘들게 살아온 어린 시절이 왜 그렇게도 오래도록 내 가슴을 후벼 파는지 대성통곡을 해도 다 못하는 한이 있었다. 이제는 많은 세월이 흘러 과거도 묻혔다.

시간이 모든 것을 말해준다. 시간은 묻지 않았는데도 말을 해주는 수다쟁이다. 사람을 강하게 만드는 것은 사람이 아니라, 하고자 하는 노력이다. 모든 기회에는 어려움이 있으며, 모든 어려움에는 기회가 있다.

나는 세상 모든 사람이 행복해졌으면 좋겠다. 그러기 위해서는 모든 사람이 '나는 돈을 벌 수 있다', '더 찬란한 인생을 살 수 있다', '더 행복해질 수 있다'라고 의식적으로 선택해야 한다. 충동이 아닌 의도에 따른 행동을 할 때, 삶은 그 비전이 이끄는 대로 나아간다.

정신 이상이란 계속 같은 행동을 되풀이하면서 다른 결과를 기대하는 것이다. 이제는 그런 삶에서 벗어나야 한다. 정신 이상한 삶에서 탈출구를 찾아야 한다. 의식적으로 선택한 비전이 있어야 전략이 생긴다.

무병장수는 모든 사람의 소원이다. 지금은 100세 시대다. 과학과 의학이 눈부시게 발전해 평균수명이 곧 130살 이상이 될 것이라고 말하기도 한다. 그런데 막상 100세 시대가 오니 100세 시대 재앙이라고 한다. 은퇴 후에 우리가 살아내야 할 시간이 누군가에게는 축복의 시간일 수도 있지만, 누군가에게는 재앙일 수도 있다. 급변하는 세상에서 준비되지 않은 노후는 재앙일 뿐이다.

우리가 바라던 무병장수가 이제는 유병재앙이 된 꼴이다. 고령화 시대에 노후 준비는 어떻게 해야 하는지 신중히 고민해봐야 한다. 개인 노동 능력은 감소하고, 변화하는 산업 환경에 대한 준비도 부족하다.

우리나라 근로자의 평균 퇴직연령은 49살이다. 퇴직 후 51년을 어떻게 해야 하는 것인지 똑똑히 대답할 사람이 몇이나 될까. 가속화되는 퇴직으로 인해 자영업을 해보지만, 그마저도 쉽지 않다. 이제는 눈앞만 생각하며 하루하루 살아가는 삶에서 벗어나야 한다.

좀 더 인생을 길게 내다보는 지혜를 가져야 한다. 인생은 생각보다 굉장히 길기 때문이다. 한 가지 직업이나 자격증으로 버티기에는 인생이 너무 길어졌기 때문이다. 은퇴 후 제2의 인생을 생각해보자. 이제는 75살 이후까지 제2 직업을 찾아 일해야 하는 안타까운 현실이다.

100세 인생을 준비하기 위한 기본자세는 무엇일까? 100세 인생의 준비로 노동 수입은 어림없다. 나이가 들수록 노동 능력 감소는 불을 보듯 뻔하다. 내가 잠을 자는 시간에도 돈을 벌 수 있는 시스템이 답이다. 수익성, 안전성, 지속 가능성이 있는 비즈니스 모델이 있어야 한다. 비즈니스 모델이란 어떤 제품이나 서비스를 어떻게 소비자에게 제공하고 어떻게 마케팅하며, 어떻게 돈을 벌 것인가 하는 계획 또는 사업 아이디어를 말한다.

최근 성공한 기업들을 살펴보면, 플랫폼 기반의 심오한 비즈니스 모델을 가지고 있다. 한 예로 애플은 앱 스토어라는 플랫폼을 들고 나오면서 그저 소비의 주체로만 인식되었던 휴대폰 사용자들에게 소비자이자 생산자, 즉 프로슈머 역할을 할 수 있도록 하는 비즈니스 모델을 제공했다. 플랫폼 비즈니스는 이제 비즈니스 전략의 핵심 주체가 되고 있다.

플랫폼 비즈니스 회사는 제조를 하지 않는다. 플랫폼 비즈니스 회사는 생산자와 소비자를 연결만 해주는 회사다. 소비자는 거품 없이 이용해서 좋다. 생산자는 큰 비용을 들이지 않고 많은 사람들에게 확실한 광고를 할 수 있어서 좋다. 이것이 바로 초연결 비즈니스다. 기회는 잡는 자에게만 선물이 된다.

'조물주 위에 건물주가 있다'라는 말이 있다. 1970년대 강남 배밭이 2022년 강남 테헤란로로 변할 줄 알았다면, 모두 다 그 땅에 투자했을 것이다. 하지만 부동산 투자의 기회는 이미 우리를 지나갔다.

인세나 권리소득이 나를 기다리는가. 내가 그 자리에 있지 않아도 수입이 들어오는가. 베스트셀러 책을 써서 평생 인세를 받을 자신이 있다면, 음반으로 인세를 받을 자신이 있다면, 노후를 걱정하지 않아도 된다. 미래는 플랫폼을 가진 자와 못 가진 자로 나뉠 것이다.

건강은 지출이 아니라 투자다. 예방의학이 답이다. 폐휴지를 줍는 것도 그나마 건강해야 할 수 있다. 폐휴지도 무릎이 성한 사람이 먼저 줍는다. 건강하지 않으면 밖에 나오지도 못한다. 장수가 악몽이 되는 시대를 대비하자.

장수는 하더라도 과도한 의료비로 노후 파산 하지는 말자. 노후 준비 리스크 1위는 의료비 증가라고 한다. 노후 자금이 나의 노후를 위해 쓰이는 것이 아니라 수술비로 훅 나가는, 막판에 가서 병원 주머니에 돈을 다 주고 가는 그런 인생이 될 수도 있다.

나는 시간적·정신적·경제적 자유를 원한다. 원하는 때에 원하는 곳에서 원하는 사람과 있는 것이다. 이 나라, 저 나라를 다니며 살아보는 것이 꿈이다. 세상은 넓고 누릴 것은 너무 많다.

행운이란 준비와 기회가 만나는 것이다. 삶의 무게에 짓눌려 후회하며 대성통곡하지 말고, 지금부터 100세 인생 행복 수명을 위해 반드시 내가 잠을 자는 시간에도 돈을 벌 수 있는 자동시스템을 만들어야 한다.

- 4장 -

우리는 죽음 직전까지
행복해야 한다

건강 관리는
행복의 첫걸음이다

'돈을 잃으면 조금 잃는 것이요, 명예를 잃으면 많이 잃는 것이며, 건강을 잃으면 모든 것을 잃는 것이다.'

이 옛 격언을 모르는 사람은 없을 것이다. 그만큼 건강이 중요하고, 건강하면 모든 것을 할 수 있다는 희망이기도 하다.

요양병원 환자 중에는 아차 하는 순간에 넘어져 고관절 골절을 입고 입원하는 경우도 많다. 너무 고령이면 수술을 할 수 없기에 그때부터 침상 생활만 해야 한다. 고관절 수술을 한다고 해도 회복 과정에서 오래 침상 생활을 하다 보면 걷기가 힘들어져 남은 인생은 침상 생활만 해야 하는 경우가 대부분이다.

만약 침상 생활만 해야 한다면 일차적으로 화장실을 이용할 수 없어 대소변을 받아내기 위해 기저귀를 사용할 수밖에 없다. 갓난아이는 태어나서 대소변을 가릴 정도가 되면 기저귀 사용은 안 하게 된다. 그러나 노년에 걷지 못해 침상 생활만 하게 된다면, 죽을 때까지 기저귀 사용을 할 수밖에 없다. 그것도 남의 손에 나를 맡겨야 하니 그 심정은 오죽하겠는가. 나는 노년에 기저귀만큼은 사양하고 싶다.

내가 아는 환자 중 어떤 분은 반찬을 꺼내려고 냉장고 문을 열다가 몸의 중심을 잃고 넘어져 고관절 골절이 되었다. 또 어떤 분은 새벽에 화장실을 가다가 문턱에 발이 걸려 넘어져 고관절 골절이 되었다고 한다. 또 다른 분은 왼쪽 고관절 골절을 당해 회복했는데, 이번에는 반대로 넘어져 오른쪽 고관절 골절까지 되었다고 한다.

살다 보면 정말 순간적으로 이런 불의의 사고를 당하게 된다. 중년이 될수록 뱃살은 점점 늘어나고, 하체는 점점 가늘어져서 걱정이라는 사람들이 많다. 노년이면 더욱 그렇다.

중년에서 노년이 될수록 가장 중요한 근육은 하체근육이다. 하체는 허벅지부터 종아리에 이르는 부위로, 몸의 중심인 척추를 받쳐 지탱하는 가장 중요한 부위다. 전신 근육의 무려 70%가 하체에 집중되어 있다. 건물을 올리는 데 기초공사가 튼튼해야 하듯, 두 발로 직립 보행하는 사람에게는 튼튼한 하체가 필요하다.

이런 중요한 하체 근육이 감소하면 어떻게 될까? 보통 40대를 기점으로 근육량이 감소하기 시작한다. 대략 1년에 1%씩 근육이 줄어들고, 특히 허벅지 근육이 눈에 띄게 줄어든다. 연구에 따르면 허벅지 둘레가 1cm 줄어들 때마다 당뇨병에 걸릴 위험이 남자는 8%, 여자는 10%씩 증가한다고 한다.

나는 어릴 적부터 하체가 빈약했다. 상체에 비해 다리가 너무 비쩍 말라 치마 입기가 민망할 정도다. 그래서 골프선수 박세리의 다리가 한없이 부러울 정도였다. 짧은 치마보다는 종아리를 덮는 긴치마를 입었고, 바지도 붙는 스타일보다는 나팔바지를 선호한다.

나는 다리가 너무 가늘어서 그것이 콤플렉스였다. 그런데 골프를 배운 지 6개월 정도 지났을 때, 나는 깜짝 놀랐다. 내 하체에 근육이 붙고 힘이 생겼다는 것을 알았다. 골프의 기본자세를 유지하는 중에 나도 모르게 하체가 튼튼해진 것이다.

행복이란 즐겁게 일할 수 있을 만큼의 충분한 건강에서 시작한다. 중년에서 노년으로 갈수록 상체는 점점 찌고, 하체는 점점 부실해져서 고민이 심하다. 그래서 운동해서 하체 근육을 탄탄하게 만들고 싶어 한다.

대표적인 운동으로 걷기가 있다. 걷기는 자극과 휴식, 노력과 게으름 사이의 정확한 균형을 제공한다. 걷기는 뇌를 자극하고 건망증

을 극복한다. 걷기는 의욕을 북돋우고 밥맛이 좋아지고 요통 치료에
도 효과가 있다. 이렇듯 걷기는 좋은 점이 많지만, 노년으로 갈수록
관절이 안 좋아져 무리하게 다리 운동을 하기도 힘들다.

관절이 약한 분들은 하체 운동을 할 때 무릎 통증을 겪는 경우가
있다. 무릎이 아픈 이유는 체중 부하가 있기 때문이다. 체중이 1kg
늘면 무릎에는 4kg 부하가 더 커진다고 한다. 이는 무릎에 꽤 부담
이 될 수 있다.

3년 전, 남편은 양쪽 무릎 인공관절 치환 수술을 받았다. 이 수술
은 퇴행성관절염이 중증도 이상 진행되어 연골이 많이 닳고 심한 통
증을 호소하는 경우 시행하는 치료다. 남편도 아마 상체의 배는 많
이 나오면서 하체는 약해져 무릎에 체중 부하가 걸린 이유도 있었을
것이다.

건강 관리는 행복의 첫걸음이다. 한번 사는 인생 기왕이면 건강하
고 행복하게 오래 살아야 하지 않겠는가. 그렇다면 관절은 약하고
하체 근육을 튼튼하게 지키고 싶은 이들에게 효과적인 방법은 무엇
일까. 도대체 어떻게 운동해야 할까?

가장 좋은 방법은 누워서 운동하면 된다. 그러면 체중 부하가 없
다. 관절에 부담이 적어서 무릎 통증도 없어진다. 나는 아침에 잠에

서 깨어나면 벌떡 일어나지 않는다. 누워서 하는 운동을 10분 내외로 하면서 잠도 깨우고 내 몸도 깨운다. 그러면서 오늘 할 일을 생각하며 계획한다. 침대에 누워서 할 수 있기에, 자기 직전 하루를 마감하면서 할 수도 있다. 이 간단한 운동습관이 발목이나 허리가 삐는 것을 방지해주며, 내 하루를 건강하게 지켜준다.

운동의 기본은 준비 운동이다. 누워서 하는 준비 운동은 발목 돌리기다. 간단하지만 효과는 굉장하다. 발목은 하체의 시작이고 전신의 혈액 순환을 촉진하는 순환펌프와 같다. 발목 돌리기는 발목과 주변 근육을 튼튼하게 단련시켜 전신의 혈액 순환을 촉진해줄 수 있는 아주 좋은 운동이다. 관절이 안 좋아 걷기 어려운 분에게 정말 좋다.

매일 아침, 저녁으로 누워서 할 수 있는 운동을 해보자. 하체 건강을 위한 한 걸음을 내디뎌보자. 나이가 들어갈수록 돈과 명예도 우리에게 중요하지만, 건강만큼 중요한 것은 없다고 생각한다. 건강을 잃으면 다 잃는 것이다.

시어머님과 친정어머님, 두 분 다 '고생 끝, 행복 시작'의 문 앞에서 건강이 나빠져 좋은 세상을 누리지 못하고 돌아가셨다. 인간은 질병의 쓰라림에서 건강의 달콤함을 배운다. 가장 큰 재산은 건강이다.

의학박사 고바야시 히로유키(小林弘幸)의 저서《죽기 전까지 걷고 싶다면 스쿼트를 하라》를 읽고 죽을 때까지 소장해야 할 책이라고 생각했다. 저자는 "허벅지가 가늘수록 누워 사는 노년도 길어진다. 스쿼트 하나로 전신의 근육을 단련할 수 있다. 쭈그려 앉는 스쿼트 동작은 언뜻 단순해 보이지만 고관절, 무릎관절, 다리관절 등 동시에 많은 관절을 움직이는 복잡한 동작이다. 또한 많은 종류의 근육이 연동해서 움직인다"라고 이야기한다.

우리 집 거실에는 스쿼트 운동기구가 언제나 나를 기다리고 있다. 볼 때마다 죽기 전까지 걸어야 할 의지를 되살려준다. 처음 스쿼트를 했을 때는 근육의 통증을 느꼈지만, 이제는 능숙하게 스쿼트 동작을 할 수 있다. 스쿼트를 하면 기분이 좋아지고 행복해진다. 내가 건강하게 걸으며 살 수 있기 때문이다.

"대부분의 사람들은 부를 얻기 위해 열심히 일하고 건강을 소비합니다. 그런 다음 그들은 은퇴하고 건강을 되찾기 위해 재산을 사용합니다"라고 캐빈 지아니(Kevin Gianni)는 말했다.

나는 건강에 대한 이 글을 발견하고 탄복했다. 이것은 너무나 당연한 우리의 모습이었기 때문이다. 우리 몸은 최고급 외제차나, 이태리 명품백이나, 최신형 스마트폰보다 훨씬 더 오래 사용해야 한다. 건강을 잃으면 다 잃는다는 것을 알면서도 건강을 잊어버리고 사는 어리석은 삶이 되지 말자.

행복,
쓰면 이루어진다

나는 이사 갈 집을 구하고 '행복의 섬'이라고 정했다. 그리고 2023년 1월 10일, 여기로 이사 간다고 내 일기장에 적었다. 2주 정도 지나자 내가 살던 집이 임대되었다고 부동산에서 연락이 왔다. "그분들이 1월 11일에 이사 들어오겠다고 하네요."

살다 보면 이처럼 기적 같은 일들을 겪게 되기도 한다. 쓰면 이루어지는 원리는, 쓰면서 우리의 온 마음과 온 영혼이 거기에 녹아나기 때문이리라. 간절히 원한다면 우리 삶의 방향키가 원하는 쪽으로 틀어지는 보이지 않는 비밀이 있다고 나는 생각한다.

헨리에트 앤 클라우저(Henriette Anne Klauser)는 《종이 위의 기적 쓰면 이루어진다》에서 말한다.
"쓰고 또 쓰고 계속 써라. 기록하다 보면 당신의 목표가 홀연히 모습을 드러낼 것이다. 목표를 기록했을 때 비로소 삶의 수레바퀴는 돌아가기 시작한다. 목표를 이루려면 일단 목표를 기록하라. 그러면 당신이 보낸 그 신호를 다른 곳에서 받아들일 것이다."

1월 10일, 행복의 섬으로 이사를 했다. 짐을 꾸리고 청소를 해도, 피곤하기는커녕 그저 행복하기만 했다. 새로운 환경에서 새로운 세팅으로 시작하는 것도 좋은 경험이 된다. 나는 행복의 섬에서 꿈과 목표를 향해 나아간다. 내가 원하는 계획을 세우고, 내가 보고자 하는 미래를 그린다. 내가 지금 세우는 계획은 이제 한 단계의 계단일 뿐이다.

인생은 마음먹기에 달렸다. 나는 한번 사는 인생 후회 없이 살기로 했다. 이제부터는 내가 꿈꿔왔던 삶을 살 것이다. 우리의 삶은 소중한 선물이다. 그러므로 우리가 꿈꿔왔던 삶을 살아보자. 그것이 우리가 행복해지는 가장 빠른 추월차선이 될 것이다.

나는 일기를 꾸준히 쓰는 편이다. 아주 오래전 일기장을 펼쳐보며 회상에 젖기도 한다. 시간은 말도 없이 획획 지나가버리니 내 삶의 흔적이라도 남겨야 하지 않겠는가. 일기는 그날을 정리하고 반성하고 더 나은 방향을 잡아나가는 도구가 된다.

당신은 버킷리스트를 적어본 적이 있는가? 버킷리스트란, 죽기 전에 꼭 해보고 싶은 일과 보고 싶은 것들을 적은 목록을 말한다. 나는 늦은 나이에 난생처음으로 10가지 버킷리스트를 적었다. 더 늦기 전에 원하는 것을 해보고 후회하지 않는 인생을 보내고 싶었다.

버킷리스트를 쓰면 행복해질 수 있다. 버킷리스트를 수정하면서 자신이 선호하고 좋아하는 것을 발견할 수 있기 때문에 자신이 누구인지 아는 데도 도움을 준다. 또한, 삶의 방향성과 구체성을 주기 때문에 삶의 방향과 속도를 설정할 때 유용하다. 막연한 꿈이 아니라 이룰 수 있는 구체적인 꿈에 도전하고 이루면서 삶의 만족도가 크게 높아지기 때문이다.

나의 버킷리스트는 책상 앞에, 책꽂이에, 일기장에, 수첩에, 지갑 안에, 휴대폰 안에, 내 마음속에 있다. 꿈을 향한 나의 날갯짓이다. 늦었다고 생각 말고 꼭 해보고 싶은 것들을 적어보자. 죽기 전에 하고 싶은 일을 적어 자신의 삶을 돌이켜 볼 기회를 가져보자. 써보는 자체가 이미 행복한 일이다. 가슴속에 이미 행복한 마음이 있기에 행복을 부르는 것이다. 행복도 쓰면 이루어진다.

한화생명 은퇴연구소의 이해준 연구위원은 〈은퇴 후 인생은 길다 … 당신의 버킷 리스트에 'LIST'는 있는가〉라는 칼럼에서 은퇴에 대비해 꼭 준비해야 할 리스트로 여가(Leisure), 보험(Insurance), 안전자산(Safe asset), 여행(Travel)을 들면서 이렇게 말했다.

"은퇴 이후 삶에 있어서 가장 소중한 것은 끊임없이 격려와 용기를 주는 친구와 가족일 것이다. 여유가 있다면 자신이 가진 재물과 재능을 이웃과 함께 나누며 사는 것도 방법이다."

무언가를 베풀 때는 베풀 수 있다는 사실에 감사해야 한다. 그러면 삶이 기쁨으로 가득하고 사방에서 선물이 쏟아질 것이다. 행복을 느끼며 살고 싶다면 남을 돕는 것이 습관처럼 굳어지게 해보자.

희망친구 기아대책, 굿네이버스, 세이브더칠드런, 지파운데이션은 모두 구호단체다. 이 단체들은 한 걸음 더 앞에서 위기에 빠진 사람들을 구하기 위해 앞장서고 있다. 한 달에 커피 한 잔 값으로 세상이 더 따뜻해질 수 있다면, 뭘 망설이겠는가. 세상이 풍족함에 차고 넘치는 것 같아도 사각지대는 있다. 우리의 따뜻한 손길이 필요한 곳은 얼마든지 있다. 작은 정성이 모여 기적을 만든다.

나는 6학년 때 몇천 원 하던 수학 여행비가 없어서 비참했던 적이 있었다. 여행비가 없으면 안 가면 그만인데도 담임선생님은 굳이 한 사람이라도 안 가면 모두 갈 수 없다고 해서 나를 더 괴롭게 했다. 그때 나를 도와주었던 천사 같은 친구를 평생 잊지 못한다.

지구촌 어딘가에서는 3만 원이면 한 아이가 학교에 다니며, 한 달 생활을 할 수 있다. 나는 세상을 아름답게 하는 아주 작은 천사가 되었다. 나에게는 얼마 안 되는 돈이지만, 그 아이에게는 천사가 보내주는 귀중한 돈일 것이다. 눈물 젖은 빵을 먹어보지 못한 사람은 빵의 귀중함을 알지 못한다.

기록이 가지고 있는 힘은 실로 광대하며, 종이와 펜만 있다면 누구나 삶의 기적을 일으킬 수 있다. 나는 버킷리스트에 '2월에 크루즈 여행'이라고 적었다. 그런데 정말로 2월에 크루즈 여행을 다녀왔다. 크루즈 여행은 누구나 한 번쯤은 누려보고 싶어 마음에 간직하고 있는 꿈이 아닌가. 이 좋은 세상에서 크루즈도 탐색해보고 누려보자. 자신이 해보지 않으면 어떻게 느낄 것인가.

나는 앞으로 여름 휴가도, 가족 여행도, 기념 여행도 모두 크루즈 여행으로 가려고 한다. 크루즈 여행 중에 노부부를 만났다. 28일간 크루즈 여행을 하는 중이라고 했다. 열심히 살아온 인생을 이제는 크루즈 여행으로 누리며, 여생을 즐기는 닮고 싶은 멋진 분들이었다.

제주도 한 달 살기가 떠올랐다. 평소의 로망인 제주도 한 달 살기를 한 경험자들의 후기를 읽어봤다. 분명 제주도 한 달 살기는 그것만의 정취가 있었다. 그러나 나는 크루즈 여행의 경험자로서 차라리 크루즈 한 달 살기를 하고 싶다. 크루즈는 남이 해주는 밥에, 남이 해주는 청소에 먹고 자는 걱정 없이 온전히 내가 원하는 대로 누리기만 하면 된다.

크루즈 한 달 살기를 버킷리스트에 다시 올렸다. 얼마든지 가능하다고 믿는다. 그리고 노년은 크루즈에서 보내고 싶다. 나는 내 생각대로 내 인생을 아름답게 꾸릴 것이다.

종이에 적는다는 것은 알게 모르게 내 무의식을 자극하고 그 방향으로 나아가게 해준다. 나는 버킷리스트에 '책 출간'이라고 적었다. 그랬더니 책 쓰기와 관련된 유튜브를 보게 되었고, 책 쓰기 과정을 수강했고, 지금은 작가가 되었다.

'1년에 2권의 책 출간'이 다시 내 버킷리스트에 올랐다. 그랬더니 진짜로 단독출간 1권과 공저출간 1권의 책을 출간하게 되었다. '유튜버'도 나의 버킷리스트에 있었다. 그래서 유튜브도 배웠고 나는 유튜버가 되었다.

'무엇을 경험하고 싶은가?', '어떻게 성장하고 싶은가?', '세상에 어떠한 것을 공헌하고 싶은가?' 커다란 나무로 성장하게 되는 씨앗은 천재성이나 영감이 아니라, 용기다. 용기란 죽을 만큼 두려워도 한번 해보는 것이다.

할 수 있거나 할 수 있다고 꿈꾸는 그 모든 일을 시작해보자. 새로운 일을 시작하는 용기 속에 우리의 천재성과 능력, 그리고 기적이 모두 숨어 있다. 행복, 쓰면 이루어진다.

행복도 배워야
행복해진다

나는 어린 시절, 어머니 혼자서 어렵게 우리를 키웠기에 집을 산다는 것은 생각조차 못 해보았다. 더구나 집 명의를 여자 이름으로 한다는 것은 상상도 못 해본 일이었다. 집이나 땅은 당연히 남자 이름으로만 하는 줄 알고 있었다.

옛날의 사소한 기억들은 다 지워졌는데도 내가 사회인이 되기까지 옛날에 내가 살았던 집이 여섯 번이나 바뀌었다는 사실은 기억이 난다. 어머니는 어려운 살림에 여섯 남매를 이끌고 6번 이상 이사를 하면서 우리를 키우셨다.

촌에서 친척들과 어울려 살아왔던 남편은 형제, 친척 간의 우애를 중요시했다. 친척들이 재산 문제로 형제 간의 우애가 틀어지는 것을 보고, 자신은 그러지 말아야지 생각했던 것 같다. 남편은 시어머님께서 돌아가시자, 촌집은 시동생 명의로 넘겨주고, 살고 있던 아파트는 내 명의로 해준다고 했다.

그때 살고 있던 아파트는 10년 이상 된 아파트였다. 근처에 대형 아파트가 새로 형성되었다. 거기는 평수가 38평, 49평, 60평대였다. 우연히 거기 사는 지인을 만났는데 아파트단지가 너무 좋고 잘 지어졌다는 말과 함께 미분양이라고 했다. 소형도시에 지어진 대형평수 아파트라 미분양이었던 것 같았다.

나는 살고 있던 아파트를 팔고 새 아파트로 이사를 가면서 집을 내 명의로 바꾸자고 생각했다. 나는 혼자 아파트 분양사무실을 찾아갔다. 아파트 내부를 구경했는데, 화이트 톤으로 단장된 내부와 구조가 나를 사로잡았다.

살던 아파트를 팔고 새 아파트를 사기에는 자금이 부족했지만, 분양사무실에서 대출을 연계해주었고, 49평 아파트계약서를 썼다. 세상에 내 생애 이런 날이 있다니 꿈만 같았다. 가수 홍진영의 〈산다는 건〉이라는 노래 속에 이런 가사가 있다. '어느 구름 속에 비가 들었는지 누가 알아. 살다 보면 나에게도 좋은 날이 온답니다.' 그렇다. 내가 49평에 살게 될 줄 누가 알았을까.

이것은 내게 기적이나 다름없었다. 방 한 칸에 동생들과 옹기종기 모여 부대끼며 살았던 어린 시절이 주마등처럼 지나갔다. 새 아파트의 현관문을 열고 집 안에 들어서는 순간부터 얼굴이 환해지고 마음이 뿌듯하고 그저 신나기만 했다. 정말 산다는 것은 이런 맛이 있어야 하는 거라고 생각했다.

부동산에 문외한이었던 나는 그때부터 부동산에 관심을 가지게 되었다. 때마침 부동산 경매 열풍이 불고 있었다. 처음에는 부동산은 남의 일이고, 부자들만 가질 수 있는 것이라고 생각했다. 그러나 집을 새로 사고 대출을 받아보고 등기를 하는 과정에서 부동산은 나의 관심사에 들어오기 시작했다. 책을 좋아한 나는 서점에 가면 부동산 관련 책이 먼저 눈에 띄기 시작했다.

내 손에 잡힌 부동산 경매 책을 사서 읽기 시작했다. 경매 책은 수도 없이 쏟아졌다. 그런데 책만 읽고도 과연 경매에 도전할 수 있을까? 경매에 관한 책을 많이 읽은 나는 어느 날 법원에 서 있는 나 자신을 발견했다.

거기에는 내가 처음 보는 새로운 세상이 열리고 있었다. 책만 읽은 내가 어떻게 용기를 냈을까? 책은 모든 것을 가르쳐준다. 나는 책 속에서 수없이 경매장을 드나들며 입찰을 해봤다. 여러 책을 읽고 그 이야기를 간접 체험하다 보니, 나도 부동산 경매의 주인공이 될 수 있었다.

누가 해보자고 한 것도 아니고, 누가 가르쳐준 것도 아니다. 그냥 내 가슴에 들어온 부동산 경매였다. 나는 그것에 이끌려 혼자 열심히 공부했고, 시도해본 것뿐이다. '구슬이 서 말이라도 꿰어야 보배'라고, 행동으로 옮겨야 한다. 책만 읽고 끝났으면 나는 경매를 말할 수 없었을 것이다.

처음으로 직접 입찰서류를 쓸 때 얼마나 손이 떨리고 가슴이 쿵쾅거렸는지 모른다. 보고 또 보고 숫자의 동그라미를 또 세어보고, 혹시 실수해서 낭패를 당할까 봐 최대한 신중했다. 그때를 생각하면 당시 쿵쾅거렸던 가슴이 아직도 느껴진다.

법원에는 틈도 없이 사람들로 가득했다. 내가 몰랐던 세상을 보면서 내가 알고 있는 것이 다가 아니라는 것을 알았다. 내 생각만으로 이 넓은 세상을 말하면 안 된다는 것을 알았다. 마음을 위대한 길로 이끄는 것은 오직 열정뿐이다. 신은 겁쟁이를 통해 자기 뜻을 전달하지 않는다고 한다.

경쟁이 얼마나 치열한지 아파트는 현재 시세보다도 더 높게 낙찰되는 경우도 있었다. 나는 여러 번 입찰했으나 내게는 낙찰의 기회가 오지 않았다. 그래서 경쟁이 낮은 지역으로 가서 입찰했다. 그저 책대로 따라 하니 실제가 되는 게 신기하고 재미있었다.

나는 부동산 10채가 목표였다. 사람들은 부동산이 많으면 세금도 많이 내야 하고 관리도 어렵다고 말하면서 부정적인 말부터 한다. 그런 사람들은 실제로 부동산을 가져보지 못한 사람들이다. 자신이 해보지도 않고, 부정적인 생각과 말로 자신을 방어하는 것이다. 행복도 배워야 행복해진다. 무작정 행복할 수는 없다. 최소한 행복한 삶을 살겠다는 자기 의지만이라도 가져야 한다. 그런 사람은 분명 자신의 행복을 위한 방법을 찾을 것이기 때문이다.

법원 경매를 통해 낙찰을 받게 되면 낙찰자는 약 6주 안에 나머지 잔금을 모두 완납해야 하는 책임이 따른다. 경매에는 경락잔금대출 이라는 것이 있다. 경매는 대출이 핵심이다. 나는 첫 낙찰을 받고 너무 기뻤다. 낙찰받으면 경락잔금대출을 해주기 위해 서로 명함을 내밀어준다. 돈 없이도 경매 투자를 할 수 있는 이유다.

꿈은 남는 시간에 이루는 것이 아니라, 시간을 만들어서 이루는 것이다. 나는 2년 동안 10채의 부동산을 소유하는 데 성공했다. 그리고 경매는 여자가 하기 어렵다는 편견도 버렸다. 내가 성공할 수 있었던 것은 언제나 운명이 내 손안에 있고, 스스로 운명을 바꿀 수 있다고 믿었기 때문이다.

나는 또한 책을 통해 한식조리기능사 자격증도 취득했다. 그때는 아이들을 키우면서 시댁에 살 때였다. 시골 정취는 평안하고 좋지만, 무료할 때가 있었다. 그래서 우연히 요리책들을 보다가 조리사 자격증이 있다는 것을 알았다. 조리사 시험에 대해 알아봤다. 1차 필기시험에 합격하면 2차 실기시험에 합격하기까지 3번 응시할 수 있었다.

조리사 자격증 취득을 하려면 요리학원부터 다녀야 하는 게 원칙이다. 하지만 나는 시골에 살고 있었고, 요리학원까지 다닐 정도로 자격증이 필요한 게 아니었다. 취미라고 해야 할까, 재미라고 해야 할까, 도전이라 해야 할까.

일단 서점에서 한식조리사 필기시험에 필요한 책을 샀다. 운전면허 필기시험처럼 공부하면 되었다. 필기시험에는 합격했으나 2차 실기 시험이 문제였다. 요리학원에 다니지 않고 독학하기는 조금 애매했다.

'한식조리사 실기시험 문제' 책에는 실기시험을 위한 여러 요리를 만드는 기준이 있다. 그 기준에 맞춰서 음식 만드는 연습을 하면 된다. 나는 어릴 적 어머니 대신 집안 살림을 도맡아 하다시피 해서 음식 만드는 것을 좋아한다. 그리고 살림하는 주부다. 나는 책을 보면서 많은 실기시험 연습을 했다.

시험장에는 요리학원에서 지도를 받고 온 수험생들이 대부분이었다. 실기시험은 제한 시간 안에 2가지 음식을 완성해야 한다. 재료의 길이, 만드는 순서, 작품 모양, 위생, 그리고 맛까지 모두 중요한 부분이었다. 심사위원들은 돌아다니며 음식 만드는 과정을 지켜보면서 점수를 매기고 있는 것 같았다.

실기 시험장이 처음인 나는 음식 만드는 것은 자신이 있었는데 한가지 실수를 했다. 양념용으로 생마늘이 나왔는데, 나는 집에서 하는 것처럼 칼자루 뒷면으로 마늘을 쿵쿵 찧었던 것이다. 나중에 살펴보니 다른 수험생들은 마늘을 칼 옆면을 이용해 밀듯이 하고 있었다. 독학으로 시험에 응시한 내 모습이 빛나는 순간이었다.

나는 실기 1차에 낙방하고, 2차에 합격했다. 운명은 오는 것이 아니라 만드는 것이다. 나는 모든 것이 스스로 하기 나름이라고 끊임없이 자신에게 말하면서 배운다. 무언가를 배울 때는 힘겹고 비용과 시간이 든다. 이것을 배워서 어디에 쓰나 하는 생각도 든다. 하지만 세상에 쓸데없는 경험은 없다.

무엇을 원하든 도전해볼 만한 가치가 있다. 익숙하지 않고 두렵지만 무엇을 배운다는 것은 우리의 인생에 기적을 가져다주는 절호의 기회가 될지도 모른다. 인생은 내가 의도하는 대로 살게 된다는 사실을 기억하자.

하늘비전을 심는
사랑의 간호사

"실례합니다. 선생님은 구원받으셨습니까? 만약 오늘 밤 선생님께서 죽는다면 천국에 갈 수 있습니까?"

호주 시드니 조지가에서 무명의 전도자로 40년간 노방전도를 한 노인이 있었다. 그분은 40년간 전도지를 전하며 전도했지만, 단 1명의 회심자도 만나지 못했다. 그러던 어느 날, 영국의 어느 교회에서 우연히 호주 시드니를 걷던 중 조지가의 할아버지를 만나게 되었고, 그분의 말을 듣고 찔림이 있던 중 결국 예수님을 영접하게 되었다는 간증이 나오기 시작했다. 그 한 번만이 아니라 미국의 집회에서도 이러한 일이 발생했다.

흥미를 느낀 교회 담임목사는 전 세계를 다니며 조지가의 할아버지 이야기를 하기 시작했다. 그 결과 미국에서도, 인도에서도, 호주

시드니 조지가의 할아버지의 말을 듣고 예수님을 믿게 되었다는 사람이 끊이지 않고 나오기 시작했다.

8개월 후, 드디어 호주 시드니에서 말씀을 전하게 된 목사는 3년 동안 자신에게 무슨 일이 일어났는지 그 노인에게 알려주었다. 목사의 이야기를 듣는 동안 뜨겁게 눈물을 흘리며 주님께 감사한 그는 이 만남이 있은 지 2주 후 기쁘게 주님의 품에 안겼다.

이 목사가 3년간 확인한 결과, 146,000명이 전도되었다. 그 노인이 바로 무명의 전도자 프랭크 제너(Frank Gener)다. 《성경》 '고린도전서' 1장 21절에는 "하나님께서 전도의 미련한 것으로 믿는 자들을 구원하시기를 기뻐하셨도다"라고 한다.

'디모데후서' 4장 2절에는 "너는 말씀을 전파하라. 때를 얻든지 못 얻든지 항상 힘쓰라"고 한다. 무명의 전도자 제너는 이 말씀을 실천한 약속의 아들이다.

"어르신, 천국과 지옥이 있다면 어디에 가고 싶으세요?"
"그야 천국이지."
나는 가끔 요양병원에 입원한 환자들에게 물어본다. 그러면 대답은 모두 한결같다. 그래서 나는 그들에게 하늘의 비전을 심어주고 싶었다. 인생의 마지막을 요양병원에서 살다 가는 어르신들이 천국에 가서 평안과 행복을 누렸으면 하는 간절한 바람이 있었다.

한 영혼이 천하보다 귀하다고 했는데, 비록 한 영혼이라도 하나님께로 돌이킬 수 있다면 그 인생은 최고로 행복한 인생이 아닐까 생각한다.

병상에 누워 있는 어르신들에게 천국 이야기를 하면서 같이 기도하자고 하면, 머뭇거리다가도 따라 하는 모습이 너무 귀하고 존경스러웠다. 생전 처음으로 기도해보는 분도 있고, 예전에 교회 다니다가 병원에 있어서 교회도 못 나가고 기도를 잊은 분도 있었다. 그렇지만 아이들처럼 기도를 끝까지 잘하시는 것을 보면 흐뭇했다.

반면 대화를 잘하다가도 기도하자고 하면 눈을 감고 입을 닫는 분도 계셨다. 이처럼 행동이 엇갈리는 이유는 무엇일까.

사실 전도하기가 쉽지는 않다. 그럴지라도, 제너처럼 묵묵히 주어진 사명을 다하면 그 끝에는 달콤한 열매가 맺힐 것이다. 무명의 전도자 제너처럼 40년간 한결같이 헌신되는 일을 한다는 것은 분명 위대한 일이다.

나는 내가 아니면 할 수 없는 일이 반드시 있다고 생각했다. 요양병원에 누워 있는 환자들에게 하늘비전을 심는 일이 가능한 일일까. 내가 간호사가 된 것은 이런 일을 하기 위함이 아닐까 하는 생각도 했다.

나는 전문 전도사가 아니다. 그렇지만 하늘비전을 전하고 싶었다. 살아생전 고생만 하다가 병들어 요양병원에 누워 원하지 않는 삶을 살다가 죽어야 하는 게 인생이라면 얼마나 억울할까. 저 어르신들은 누워서 종일 무슨 생각을 하며 이 긴 하루를 보낼까 답답하기도 했다.

하나님이 함께하는 사람이 복 있는 사람이다. 비록 이 세상에서 고달프게 살았더라도 마지막에 하늘 백성이 된다면 그것이 최고의 복이지 않겠는가.

무명의 전도자 제너의 이야기를 읽으며 나도 저렇게 묵묵히 하나님 앞에 헌신된 자가 되고 싶었다. 전도는 내가 하는 것이 아니다. 흉내만 내어도 하나님이 역사를 준비하신다는 사실을 나는 알고 있다.

나는 20년 전, 어린이전도협회에서 새 소식반 강습회 교육을 받았다. 새 소식반이란 매주 1회 일정한 시간에 이웃의 예수님을 모르는 어린이들을 그리스도인 가정에 모아서 복음을 전하고 결신해 가까운 성서적인 교회로 인도하는 효과적인 어린이 전도 프로그램이다.

토요일 오후 우리 집을 장소로 정하고, 동네 한 바퀴를 돌며 아이들에게 초대장을 돌렸다. 부모님의 허락을 받고 연락처를 남긴 후, 아이들이 모이기 시작했다. 30평 아파트 거실에 30명의 아이들이 모여들었다. 이렇게 많은 아이들이 어떻게 오게 되었을까 놀라웠다.

아이들은 복음을 듣고 찬양과 율동도 배우고 복습퀴즈로 선물도 받으며 즐거워했다. 영접 시간도 갖는다. 마지막으로 맛있는 간식을 먹고, 다음 날 교회로 올 수 있는 아이들은 약속 시간을 정하고 헤어졌다. 이런 경험을 통해 전도는 내가 하는 것이 아니라는 사실을 다시금 깨닫게 되었다.

그때부터 나는 어린이전도협회에서 주관하는 어린이날 행사와 여름캠프에서 의료진으로 봉사하고 있다. 내 작은 시간과 재능을 많은 이들과 나누며 도울 수 있다는 게 행복 아니겠는가. 나는 이 큰 기쁨을 마다할 수가 없다. 나를 필요로 하는 곳에 나는 언제든지 있을 것이다. 내가 행복하면 주변이 행복해진다. 행복은 생각보다 가까이에 있다.

나는 어린이전도협회 지부의 대표로 계시는 한 여성분을 존경하고 있다. 그분은 20살에 주님께 헌신되어 자신의 꿈을 버리고 일흔이 다 되도록 어린이 전도에만 힘쓰고 계신다. 이 땅의 어린이들이 모두 다 주님 품에서 행복하게 자라기를 소망하며 하늘비전을 전하는 분이다. 그분을 보면 선한 영향력이 저절로 전해져와 참 닮고 싶어진다.

아이들은 순수하고 영혼이 맑다. 어릴 적 복음을 접한 아이들은 어른이 되어서도 신앙인이 될 확률이 높다. 내가 교회 주일학교 교사를 할 때 말썽꾸러기 남자아이가 있었다. 동생을 날마다 괴롭혀 울리고, 수업할 때는 집중력이 없어서 딴짓하며 가만히 앉아 있지도 못했다.

그런데 여름성경학교 기도회 시간이 지나고부터 계속 훌쩍이면서 다니는 것이었다. 왜 그러냐고 물어도 대답을 못 했다. 그 후부터 모든 태도가 달라졌다. 말썽꾸러기에서 의젓하게 변한 모습을 본 교사들은 그 아이의 변화에 만짐의 손길이 있었다는 것을 깨달았던 기억이 난다.

반면 고정관념이 강한 어른들을 전도하기는 참 어렵다. 그랜드마 모세(Grandma Moses)는 "삶은 우리 자신이 만드는 것이고, 언제나 우리 자신이 만들어왔고, 앞으로도 우리 자신이 만들어나갈 것이다"라고 말했다. 모든 삶의 결정은 자신이 선택한 것이다.

인생에서 마지막까지 삶에 허덕이지 않으려면 연금보험으로 육신의 노후를 대비하는 것이 중요하다. 하지만 나는 영혼의 노후를 대비하는 일이 더 중요하다고 생각한다. 톨스토이(Leo Tolstoy)는 "이 세상에 죽음만큼 확실한 것은 없다. 그런데 사람들은 겨우살이 준비를 하면서도 죽음은 준비하지 않는다"라고 말했다. 우리는 죽음 준비까지도 해야 하는 것이 인생의 마침표를 아름답게 찍는 일인 것을 염두에 두면서 살아야 한다.

우리 인생은 한 권의 책과도 같다. 어떻게 써 내려가는지에 따라 졸작이 될 수도 있고 베스트셀러가 될 수도 있다. 인간은 자신이 얼마큼 마음먹느냐에 따라 행복해진다. 아무리 가까운 길이라도 가지 않으면 도달하지 못하며, 아무리 쉬운 일이라도 하지 않으면 이루지 못한다.

잘 보낸 하루가 행복한 잠을 가져오듯이, 잘 쓰인 인생은 행복한 죽음을 가져온다. 행복한 사람은 어떤 특정한 환경 속에 있는 사람이 아니다. 오히려 어떤 특정한 마음 자세를 갖고 살아가는 사람이다. 나는 내 인생이 다하는 날까지 하늘비전을 심는 사랑의 간호사로 살아갈 것이다.

행복한 안녕을 위한
선언문

"엄마 장기기증 등록했어요. 이거 등록증이요."

막내딸의 말에 나는 내심 놀랐다. 간호사인 막내는 무슨 마음인지 혼자서 장기기증을 결심했고, 등록증을 지갑에 넣어 다니고 있었다. 장기기증을 하겠다고 용기 내는 게 쉽지는 않았을 텐데, 막내는 이미 실천하고 있었다. 나는 막내의 갑작스러운 말에 놀라긴 했지만 잘했다고 말해주었다.

나도 이미 장기기증을 결심하고 있었던 터라 어떻게 하는지 인터넷에 검색해봤다. 국립장기조직 혈액 관리원에 들어가니 장기 등, 인체조직, 안구 기증 희망등록은 온라인, 등록기관 방문, 우편, 팩스를 통해 할 수 있다고 안내하고 있었다. 나는 온라인으로 장기기증 등록을 했다. 그리고 며칠 뒤 우편으로 장기기증 등록증을 받았다.

1명이라도 장기기증 신청을 하면 9명을 구하는 게 가능해서 9월 9일을 장기기증의 날이라고 부른다고 한다. 장기기증은 이 세상에서 가장 고귀한 생명 나눔이지만, 장기기증을 신청한다고 무조건 할 수 있는 게 아니다. 병원에서 절차에 따라 뇌사 판정을 받아야만 장기기증을 할 수 있다.

뇌사는 사고 또는 질환으로 뇌의 모든 기능이 상실되고 자발호흡이 소실되어 인공호흡기로 호흡하며, 적극적인 치료에도 불구하고 회복이 불가능해 수일이나 수 주 이내 사망에 이르는 상태를 말한다.

나는 병원에서 일하는 직업을 가지다 보니 장기기증이 얼마나 필요하고, 소중한 생명을 나누는 일임을 잘 알고 있다. 사는 동안 열심히 하고 싶은 일, 누리고 싶은 일을 해보고, 죽어서도 도움을 구하는 이들에게 희망을 주는 일을 한다면, 얼마나 아름다운 인생이 되겠는가. 우리는 흙에서 왔다가 흙으로 돌아가는 인생이다. 천년만년 살지는 못한다. 나는 모든 사람들이 행복하게 살아가는 아름다운 세상을 만들고 싶다.

요즘은 생명 나눔에 대한 관심이 점점 높아지고 있다. 인터넷에 장기기증을 검색해보면 여러 가지 사례가 나온다. 평범한 대한민국 시민 4명이 뇌사 장기기증으로 15명에게 새 생명을 선물하고 하늘의 별이 되었다고 한다.

또 다른 사례도 있다. 29살 딸이 식사 도중 갑자기 의식을 잃고 쓰러진 후 급히 병원으로 옮겼으나 의식은 회복되지 않았고, 의료진은 깨어나기 힘들다며 뇌사 판정을 내렸다. 아버지는 딸의 마지막 가는 길이 누군가에게는 희망이 되고, 따뜻한 사랑을 나눈 사람으로 남게 하고 싶어 장기기증을 선택했다. 딸은 100명에게 장기기증을 하고 하늘나라로 떠났다고 한다. 자신의 목숨과 같은 자식을 잃어 슬픔과 괴로움에 잠겨 있는 상태에서 장기기증이란 결코 쉽지 않은 선택이다.

이런 생명 나눔으로 뿌려진 희망의 씨앗이 누군가에게는 기적이 되어 아름답게 피어날 것이다. 생명의 싹을 틔울 수 있는 숭고하고 아름다운 일에 동참해보자. 따뜻한 마음과 사랑을 영원히 기억해줄 누군가가 있기에 행복한 인생이 될 것이다.

벤자민 프랭클린(Benjamin Franklin)은 "인생은 충분히 좋지 않을 수도 있다. 그러나 좋은 인생은 충분히 길다"라고 말했다. 장기기증은 죽어서도 생명을 선물할 수 있는 나눔의 실천이다. 빈손으로 왔다가 빈손으로 가는 인생, 아름답게 살다가 희망을 주고, 사랑을 나누고 간다면 얼마나 향기로운 인생이겠는가.

요즘은 100세 시대다. 수명은 길어졌으나 건강은 나빠지고 간병할 가족은 없다. 그래서 요양병원 신세를 지다가 생을 마감하게 되는 게 보통의 인생이다. 이제는 자신의 마지막 삶도 스스로 결정해야 한다.

내가 원하지 않는 의미 없는 삶을 살고 싶은가. 의식 없는 상태에서 불필요한 연명치료를 받고 싶은가. 그렇게 하지 않겠다는 내 의지를 알려두어야 한다. 그것이 사전연명의료의향서다.

삶의 마지막 단계는 죽음이다. 이 죽음은 누구라도 피할 수 없다. 조금이라도 더 살고자 하는 마음에 예전에는 생명 연장을 꿈꿔오기도 했다. 그러나 최근 들어 의미 없는 삶을 지켜본 많은 사람들이 생명 연장 거부에 대한 의사를 밝히게 되면서 사전연명의료의향서도 주목을 받게 되었다.

나의 시어머님도 요양병원에서 3년을 의식 없이 지내시다 끝내 돌아가셨다. 시어머님께서도 결코 그런 삶을 원하지 않으셨을 거라고 나는 생각한다. 나 또한 그렇게 내 마지막 삶을 연명하지는 않을 것이다.

나는 요양병원에서 20년간 일한 간호사다. 의미 없이 연명되는 삶을 수도 없이 봐왔기에 마지막 인생에 대한 생각이 남다르다. 365일

아무 표현도 못하고 숨만 쉬고 있는 모습을 상상해보라. 내가 누구인지도 모르고, 가족도 알아보지 못하는 삶을 살고 싶은가. 온전히 간병인의 손에 나를 다 맡기고 살고 싶은가.

죽을 때까지 기저귀를 차며 살고 싶은가. 의식도 없고, 삼키지도 못하는데 코에 넣은 줄로 넣어주는 영양으로 나를 지탱하고 싶은가. 팔다리도 못 쓰고 혼자 돌아눕지도 못하는 삶을 영위하고 싶은가. 나는 침대 한 칸이 내 삶의 전부인 마지막 인생을 살고 싶지는 않다.

남편과 나는 사전연명의료의향서 등록기관을 찾아갔다. 상담사에게 15분 정도 설명을 듣고 신청 사인을 했다. 신청하면 의료시스템에 등록이 된다. 향후 연명의료행위에 대한 판단이 필요할 때 의료진은 내 뜻을 확인할 수 있다.

사전연명의료의향서는 19살 이상이면 누구나 작성해둘 수 있다. 향후에 임종 과정에 놓인 환자가 되었을 때를 대비한다고 볼 수 있다. 의학적으로 무의미하게 연명의료를 받고 있다고 의사가 판단할 경우, 환자의 의향을 존중해 연명의료를 시행하지 않고 중단할 수 있는 제도적 장치다.

어떻게 보면 살기 위한 인생인지, 죽음을 준비하는 인생인지 문득 우리 인생이 슬퍼진다. 그래서 순간순간 최선을 다해 사랑하고 양보하며 겸손하게 살아야겠다고 생각하게 된다.

벤 스타인(Ben Stein)은 "인생에서 원하는 것을 얻기 위한 첫 번째 단계는 내가 무엇을 원하는지 결정하는 것이다"라고 말했다. 내 인생은 내가 주인공이다. 남의 눈칫밥에 얽매이지 말고 내가 진정으로 원하는 삶에 집중해야 한다. 내 인생의 운전은 내가 해야 한다. 내가 면허를 따고 내가 시동을 걸어야 한다. 내가 원하는 곳으로 내가 나아가야 한다.

사람은 태도를 바꾸는 것만으로도 미래를 바꿀 수 있다. 나의 삶이 더 보람 있기를 원한다면 내 생각의 방식을 바꿔야 한다. 내가 사랑하는 것이 무엇인지, 내가 어떤 사람인지 알아야 한다.

진 니데치(Jean Evelyn Nidetch)는 "우연이 아닌 선택이 운명을 결정한다"라고 말했다. 우리는 살아가면서 수많은 선택을 한다. 그 어떠한 선택 하나도 우연은 없다. 오로지 나의 의지에 의한 선택이다. 분명 우연으로 지나칠 수 있었던 순간들도, 내가 그 기회를 잡아 운명을 만든 것이다.

'내가 헛되이 보낸 오늘은 어제 죽은 이가 그토록 그리던 내일'이다. 내일의 일은 누구도 모른다. 오늘을 소중히 여기지 않는 사람에게 꿈꾸는 내일은 없다. 나는 모든 사람에게 필요한 최고의 용기는 자신의 꿈을 좇는 용기라고 생각한다. 행복한 안녕을 위해 자신이 꿈꾸는 삶을 살자.

다그 함마르셸드(Dag Hammarskjold)는 "죽음을 찾지 말라. 죽음이 당신을 찾을 것이다. 그러나 죽음을 완성으로 만드는 길을 찾으라"라고 조언했다.

이 세상 사는 동안 뜻을 세우고 꿈꿔온 세계를 경험한다면 참 멋진 인생일 것이다. 내가 원하는 삶을 내가 누릴 수 있다면 참 행복한 인생일 것이다. 우리의 인생은 거저 왔다가 거저 가야 할 인생이다. 무슨 향기를 이 세상에 뿌리고 있는가.

이 세상 사는 동안 향기로운 삶을 살았는가. 가슴속 깊은 곳에서부터 우러나오는 행복이 나를 감싸고 있는가. 웃으며 안녕할 수 있는 만족한 삶이었는가.

죽음을 받아들이고 준비한다면 죽음이 두렵지 않을 것이다. 한평생 살아온 세상이지만 아름다운 이별을 준비한다면 마지막이 외롭지 않을 것이다. 또 다른 황금 세상이 나를 기다린다고 생각하면 그가는 길이 행복할 것이다.

행복한 안녕을 위한 준비를 먼저하고 살아가자. 준비된 자만이 누릴 수 있는 축복이 우리를 반길 것이다.

세상에서 가장 큰 축복은
행복이다

2020년 2월 23일 YTN 〈뉴스 특보〉의 내용이다.

"국내 코로나19 여섯 번째 사망자가 발생했습니다. 중앙방역대책본부는 55번째 확진자인 59세 남성이 동국대 경주병원에서 입원 중 사망했다고 밝혔는데요. 이 환자는 경북 청도대남병원에 입원해 있다가 지난 19일 코로나19 확진 판정을 받은 후 동국대 경주병원으로 이송되었습니다. 이 환자는 코로나 관련 여섯 번째 사망자이자 청도대남병원 환자 중 네 번째 사망자입니다. 현재 보건당국은 이 환자의 사망 원인은 조사 중에 있다고 하는데요. 국내 첫 코로나19 사망자(63세, 남성)와 두 번째 사망자(54세, 여성), 네 번째 사망자(57세, 남성)와 함께 대남병원에 입원했던 환자입니다."

이 시기에 나는 뉴스에 나오는 청도대남병원 옆의 요양병원에서 근무하고 있었다. 이 병원은 청도대남병원과 건물이 연결되어 있었고, 직원끼리도 쉽게 왕래가 있었다. 업무상 요양병원 환자가 청도 대남병원에서 진료를 받기도 했다.

오후에 출근을 했는데 큰일이 났다는 것이다. 대남병원 정신과에 코로나 확진자가 발생해 병원 전체를 격리해야 하고, 직원들도 집으로 퇴근을 못 한다고 했다. 그날 출근한 직원들은 2주간 병원에서 격리를 당했다. 확진자와 동선이 겹쳐진 까닭이었다.

격리된 직원들은 방호복을 입고 내부에서 돌아가며 근무했다. 방호복을 입고 일한다는 것은 참 힘든 일이었다. 방호복을 입은 지 1시간도 안 되어 땀이 줄줄 흘러내려 속옷은 다 젖었고, 움직임도 둔해 도무지 제대로 일하기가 힘들었다. 특히 화장실 사용이 굉장히 어려웠다.

청도대남병원은 연일 뉴스에 등장했다. 창밖을 보니 방송국에서 나온 관계자들과 카메라들이 진을 치고 있었다. 심지어 병원 내부를 탐색하느라 드론까지 이리저리 날아다니고 있었다.

환자와 직원들은 거의 매일 코로나 검사를 받느라 코와 목구멍은 쉴 날이 없었다. 막막하던 2주 격리기간이 끝나고 병원 마당에 나오니 머리가 핑 돌며 어지러웠다. 마치 교도소에서 갓 출소한 사람처럼 눈부신 햇살을 받으며 상쾌한 공기를 마셔댔다. 운전대를 잡고 집으로 가는 중에 전화벨이 울렸다. 환자 중에 확진자가 나왔으니 다시 병원으로 들어오라는 것이었다.

또다시 코호트 격리가 시작되었다. 코호트 격리는 감염 질환 등을 막기 위해 일정 기간에 감염자가 발생한 의료기관을 통째로 봉쇄하는 조치를 말한다. 질병 발병환자뿐만 아니라 의료진 모두를 동일 집단으로 묶어 전원 격리해 확산위험을 줄이기 위한 것이다.

내가 근무한 요양병원은 확진자가 나오면 바로 전담병원으로 보냈고, 남은 환자들을 코로나로부터 집중 관리했다. 일부 환자들은 방송을 통해 코로나 사태를 인지했지만, 침상에 누운 인지가 약한 환자들은 영문도 모른 채 이런 사태를 겪는 것이 불안하기만 했다. 게다가 방호복을 입고 자신들에게 다가오는 사람들이 얼마나 낯설었을까.

방송 매체들은 세계 각국의 코로나 상황을 보도하느라 바빴고, 날마다 사망자 수가 게시되면서 공포의 분위기는 식을 줄을 몰랐다. 마스크와 해열진통제가 바닥이 났고, 코로나 치료에 좋다는 약이며 민간요법이 수도 없이 인터넷을 떠돌았다.

코로나19의 진원지로 지목되어 폐쇄된 중국 우한 수산 시장에서 채취한 검체 70여 개에서 코로나19 양성 반응이 나왔다. 그러나 3년이 지난 지금도 코로나19의 원인은 확실히 밝혀지지 않고 있다.

요양병원에서 같이 일하던 직원이 확진되어 밤에 구급차에 실려 전담병원으로 이송되었다. 열이 떨어지지 않고 폐렴 증상까지 겹쳐서 온갖 치료를 다 했다. 가족들에게 좋지 않은 예후를 전하며 또 다른 전담병원으로 이송되었다. 그는 죽을 고생을 하며 치료받은 결과, 가족의 품으로 돌아올 수 있었다. 이제는 제2의 인생을 사는 것처럼, 삶의 태도가 달라지더라고 말했다.

내가 간호하던 코로나 확진 환자는 그 어떤 치료에도 호전 없이 숨을 못 쉬어 사망했다. 코로나19에 감염된 사망자의 공통점을 살펴보면 대부분 기저질환을 앓는 자로, 특히 폐렴을 앓고 있던 사람들에게 치명적인 결과를 초래했다.

연일 코로나19 확진자 확산 뉴스가 전 세계에 보도되고 있었다. 한 생명이 얼마나 소중한데, 코로나19로 인해 하루에도 수천 명이 사망하는 것을 우리는 눈으로 똑똑히 봤다. 갑자기 출현한 코로나19로 온 세계가 공포에 떨며 두려워했다. 서로 살아남으려고 개인뿐만 아니라 지역 간에도 국가 간에도 경계했었다.

코로나19 팬데믹은 아직도 진행 중이지만 전 세계적으로 여러 종류의 백신이 개발되었고, 접종이 이루어져서 위드코로나 단계로 빠르게 전환되었다. 코로나 바이러스가 처음 등장했을 때는 매우 강력했기 때문에 사망자가 많았지만, 점점 변이 바이러스로 변종되면서 감염은 쉽게 되지만 치사율이 떨어졌다. 이제는 마스크 착용도 해제되었다. 코로나19가 점점 멀어져가는 것으로 느끼는 것은 우리가 코로나에 익숙해지고 있기 때문이다.

건강하지 않으면 지혜가 드러나지 않고 예술이 드러나지 않으며 힘으로 싸울 수 없고 부가 쓸모없고 지능이 적용될 수 없다는 것을 우리는 코로나 시대를 통해 더 통감하게 되었다. 이 땅에 한 생명으로 태어나 건강 무탈하게 일생을 보낸다면 얼마나 좋으랴. 우리는 갑자기 출현해 온 세상을 지옥처럼 흔들어놓은 코로나19에서 빠져나와 제2의 인생을 살고 있는 셈이다.

나는 코로나 확진자를 간호하며 함께 격리되어 살았다. 나는 내가 확진될까 하는 두려움에 떨지 않았다. 힘든 일이라고 방호복을 벗어 던지고 돌아서지 않았다. 코로나 발현에도 요양병원에서 지내야 했던 어르신들에게 가족이 되어주었다.

지옥 같았던 코로나 시대도 이제는 지나가고 있다. 인생에 그 어떤 계곡과 폭풍우가 온다고 해도 이 또한 지나가리라는 것을 잊지 말자. 넬슨 만델라(Nelson Mandela)는 말했다.
"인생에서 가장 큰 영광은 넘어지지 않는 것이 아니라 넘어질 때마다 일어나는 것이다."

우리는 죽음 직전까지
행복해야 한다

SBS 〈좋은 아침 - '기적의 선물'〉이라는 방송 프로가 있다. 얼마 전, '확실한 노후 대책'이라는 주제로 이야기를 하고 있었다. 나는 이 방송을 보면서 마음이 참 착잡했다. 나이 들어 늙는다는 자체만으로도 슬픈데, 방송에서 제시하는 확실한 노후 대책의 내용이 나를 더 슬프게 했다.

집을 줄이고, 불필요한 지출을 줄이며, 근로소득으로 50만 원이라도 수입을 가져보자고 한다. 수명보다 연금소득이 줄어들지 않도록 하자고 한다. 젊은 날의 수고로움도 모자라 늙어서의 삶을 위해 필요한 재정이 고갈될까 봐 전전긍긍하는 노후의 삶이 슬펐다. 태어나 부모의 도움으로 자란 뒤, 새 가정을 이루고 그 가정을 지키기 위해 노력하다가 늙어서 남은 생을 걱정하며 줄이고 줄이며 살아가는 것이 인생이라면 정말 참 슬프다.

우리는 죽음 직전까지 행복한 인생을 살아야 한다. 우리는 행복하기 위해 태어난 인생이다. 죽음을 준비하며 길어진 수명을 감당하지 못해 발버둥 치는 그런 인생을 살고자 함이 아니다. 최첨단의 세상에 살면서 왜 최첨단의 노후를 누리지 못하는가.

미래의 나를 위한 준비를 오늘부터 시작하자. 나이가 무슨 상관인가. 지금 시작하는 것이다. 젊음도, 늙음도 시간차일 뿐이다. 생각을 바꾸고 최첨단의 삶을 누리기로 작정한다면 내가 변해야 한다. 내 생각을 최첨단으로 바꿔야 한다.

네이버에 확실한 노후 대책이라고 검색해보니 여러 가지 대책이 있기는 했다. 딸을 약대에 보낸 어떤 엄마는 아이들의 우리를 향한 끈끈한 사랑이 확실한 노후 대책이라고 했다. 과연 그럴까. 그 딸도 새 가정을 이루고 자신의 삶에 집중하다 보면, 부모의 확실한 노후 대책이 되기는 분명 힘들 것이라고 나는 생각한다.

신앙이 돈독한 부부는 "한 살, 한 살 더 나이 들어갈수록 우리 옆에 같이할 분들은 성당 교우들로 이루어질 것이 확실하다. 죽을 때도 우리 부부는 성당에서 미사를 하고 죽을 거다. 그러니 우리 부부에게 신앙은 든든한 노후 대책이 맞다고 생각한다"라고 했다.

어떤 분은 운동이 노후 대책이라고 한다. 당뇨, 고지혈병 등 많은 성인병이 운동 부족과 잘못된 식습관에서 온다. 운동을 하면 체지방이 줄어들고 근력이 생겨 성인병을 예방, 극복하기에 좋다고 한다. 운동을 얼마나 열심히 해야 이런 효과를 볼 수 있을까. 그렇게 개선되기까지 운동하려면 어느 정도의 강도로 해야 할까 생각하니 운동도 생각처럼 쉽지 않았다.

어떤 이들은 수익형 상가 투자로 확실하게 노후 대책을 하라고 한다. 이 말을 믿고 퇴직금으로 덥석 부동산을 샀다가 이도 저도 못해 주저앉은 분들도 있다.

최첨단 시대에 살면서도 최첨단을 누리지 못하고 죽음으로 달려가는 우리 인생이 참 가엽다. 인생의 정답은 어디에 있는가. 나는 어떤 인생의 주인공이 되기 위해 이렇게 몸부림치며 살고 있는가. 다시 한번 자신의 인생을 생각해보면서 앞으로 나아가야 할 때다.

'가지를 잘 쳐주고 받침대로 받쳐준 나무는 곱게 잘 자라지만, 내버려둔 나무는 아무렇게나 자란다. 사람도 이와 마찬가지여서 자신의 잘못을 비판해주는 말을 잘 듣고, 고치는 사람은 그만큼 발전한다'라고 공자는 가르치고 있다.

유튜브 '인생라떼 권마담'에서 권동희 작가는 200만 원 월급노예 탈출 방법에 대해 말한다.

"돈은 아무리 일해봤자 회사에서 주는 월급 200만 원이 전부다.

돈이 모이지 않고 나이는 들어가다 보니 어느 순간에, 아 내가 이 200만 원 가지고는 안 되겠다. 남들이 말하는 1억 원이라는 돈을 내가 죽기 전에 만져볼 수 있을까? 하지만 200만 원 가지고는 1억 원을 모을 수 없다는 계산이 나오면서 나의 10년 후, 20년 후를 바꾸기 위해서 내가 어떤 콘텐츠를 나눠줄 수 있을지 생각해보는 겁니다. 여러분들도 내가 전문가는 아니지만 '이 정도는 할 수 있다'라는 분야가 반드시 있기 마련입니다. 처음부터 배부를 수는 없습니다. '나는 초보지만 왕초보를 가르쳐줄 수 있다' 이 정도면 됩니다. 여러분들도 충분히 부업으로 시작해서 나중에는 이 부업이 본업이 되는 전문가가 되는 순간이 올 것입니다."

그렇다. 최첨단 시대에 최첨단으로 살아가려면 최첨단의 생각을 해야 한다. 죽음 직전까지 행복한 인생이 되려면 최첨단의 인생을 만들어야 한다.

사람들은 변화를 두려워한다. 지금의 틀이 깨지면 인생이 끝나는 줄 안다. 지금 자신의 모습이 자신의 인생에서 전부인 줄 안다.

회사의 월급이 자신을 지켜주고, 자신을 영광스럽게 하는 줄 안다. 월급 노예가 되어서도 자기가 최고인 줄 아는 어리석음은 무슨 자신감인지. 회사는 회사의 이익을 위해 수단과 방법을 가리지 않고 운영되고 있다는 것을 알지 못한다. 그래서 사람들은 기꺼이 월급 노예가 되는 것이다.

누구나 이왕이면 좋은 사람을 만나 좋은 인연을 맺고 싶어 한다. 그렇다면 먼저 내가 좋은 사람이 되어야 한다. 확실한 노후 대책을 가지고 최첨단의 인생을 누리는 좋은 사람이 되자.

요양병원에 누워 자식들의 걱정거리가 되는 대신, 크루즈를 타고 크루즈 호텔에 누워 세계 일주를 하는 귀족 여행을 누려보자. 좋은 꿈이 좋은 인생을 이끌어간다. 꿈만 꾸는 자가 아닌, 꿈을 실행하는 자가 되자. 하고자 한다면 방법을 찾고 방법대로 하면 되는 것이다. 내가 최첨단을 못 따라가는 것이지, 최첨단은 항상 최첨단을 향해 가고 있다는 것을 알아야 한다.

무식한 귀신은 부적도 몰라보는 법이다. 지식 없는 상상력은 그 기반이 약하다. 지식은 세상의 것이지만, 상상력은 자신의 것이다. 내 인생의 내비게이션은 내가 조작하면 된다. 내가 원하는 곳을 검색하고 설정해서 그곳으로 가면 된다.

최첨단의 영양주스 한 잔으로 내 건강을 지키고 젊어지고 예뻐지며 부자 되고. 정말 이런 것이 있다면 당신은 도전할 수 있는가. 심플함에는 단단한 힘이 있다. 그 힘으로 사람들의 마음속에, 뇌리에 강하게 박힌다.

기록에 의하면, 진시황(始皇帝)은 애써 천하를 통일해놓고도 겨우

50살의 나이로 객사했다. 그는 자신이 세운 나라가 영원불멸하리라 주장했고, 불로불사를 염원했다. 자신이 영원히 황제 노릇을 하겠다는 것이었다. 그는 연나라 출신의 노생에게 불로장생한다는 영약을 구해 오게 하고, 어린 남녀 수천 명에게 멀리 동쪽에 가서 불로초를 구해 오도록 했다고 한다. 그러나 불로장생을 염원한 진시황의 소원은 이루어지지 못했다. 하지만 지금은 불로초를 만드는 최첨단의 시대다. 우주여행을 가는 시대에 무엇이 안 되겠는가. 우리가 알지 못해 받아들이지 못할 뿐이다.

한 푼의 돈을 써도 내가 돌려받을 수 있을 뿐만 아니라, 무한정의 서비스를 누릴 수 있는 것을 찾아야 한다. 비행기를 타면 마일리지가 쌓여 그 마일리지로 다시 비행기를 탈 수 있는 것처럼, 카드를 많이 사용하면 포인트를 현금으로 돌려받는 것처럼, 이제 세상은 바뀌었다.

내가 건강해지기 위해 먹었을 뿐인데, 부까지 축적된다. 내가 필요한 물건을 주문했을 뿐인데 돈이 쌓인다. 대리운전기사를 불러 집까지 안전하게 왔을 뿐인데 또 돈이 쌓인다. 크루즈 여행을 귀족처럼 즐겼을 뿐인데, 그 비용이 무료이고 매달 현금이 쌓인다. 최고의 화장품을 바르고 예뻐졌을 뿐인데 월급처럼 돈이 들어온다. 요즘은 이런 세상이다. 의심의 검은 장막을 걷어내고 이 대열에 합류하자. 21세기형 부자가 되는 지름길이다.

이 좋은 세상에 살면서 병상에 누워 남의 수발을 받으며 아름다운 인생을 우울하게 보낼 것인가? 세상은 넓고 누릴 것은 더 많다. 이 멋진 세상에 현명한 소비자가 되면 그것이 바로 생산자가 되고 나를 부자로 만들어준다. 자신만의 버킷리스트는 한번 이루어봐야 하지 않겠는가.

최첨단 시대에 자본도 없고, 특별한 기술도 없고, 큰 인맥이 없어도 나를 일으켜 세워 남은 인생을 황금기로 바꿔줄 방법이 나를 기다리고 있다는 것을 왜 모르는가. 이제 나만의 인생을 위한 메뉴판을 만들자. 우리는 죽음을 준비하며 길어진 수명을 감당하지 못해 발버둥 치는 그런 인생을 살고자 태어난 것이 아니다.

내가 가장 행복하고 내가 주인공이 되는 당당한 인생을 살자. 지금도 행복하고 미래도 행복한 그런 인생을 살자. 우리는 행복하기 위해 태어난 소중한 사람이다. 우리는 죽음 직전까지 행복해야 한다.

내 인생의
블랙박스를 열어라

제1판 1쇄 2023년 11월 15일

지은이 김진주
펴낸이 한성주
펴낸곳 ㈜두드림미디어
책임편집 최윤경, 배성분
디자인 김진나(nah1052@naver.com)

㈜두드림미디어
등 록 2015년 3월 25일(제2022-000009호)
주 소 서울시 강서구 공항대로 219, 620호, 621호
전 화 02)333-3577
팩 스 02)6455-3477
이메일 dodreamedia@naver.com(원고 투고 및 출판 관련 문의)
카 페 https://cafe.naver.com/dodreamedia

ISBN 979-11-93210-22-2 (03810)

**책 내용에 관한 궁금증은 표지 앞날개에 있는 저자의 이메일이나
저자의 각종 SNS 연락처로 문의해주시길 바랍니다.**